I0639278

ZWANGHAFTER BOSS

GEBRÜDER BRATVA BUCH VIER

WILLOW FOX

SLOWBURN
PUBLISHING

ÜBER DIESES BUCH

Wir haben den Club Sage umgestaltet und ich bin kurz davor, den Laden niederzubrennen.

Als Savannah auf der Suche nach einem Job ist, stelle ich sie auf der Stelle ein. Wir brauchen dringend Tänzerinnen und Tänzer, und sie sieht umwerfend aus. Wie könnte sie nicht perfekt für diesen Job sein?

Vermische nicht Geschäft und Vergnügen—diesen Rat hätte ich von meinem Mentor und Chef, Nikita Krylova, beherzigen sollen.

Ich habe einen Bundesagenten an den Arbeitsplatz gelassen.

Savannah hat Zugang zu den Büchern und dem Geld, was wir waschen.

Wenn mein Chef Nikita oder der Chef der Bratva, Mikhail, meine kleine Indiskretion entdecken, bin ich am Arsch.

Aber sie werden es bestimmt herausfinden, denn Mikhails bessere Hälfte, Madisyn, ist eine ehemalige FBI-Agentin. Sie hat mit Savannah Blakely zusammengearbeitet. Soll ich die Wahrheit sagen und akzeptieren, dass ich ein toter Mann bin, oder soll ich die Wahrheit und ein paar Leichen begraben, bevor es jemand herausfindet?

EINS

SAVANNAH

Ich fange wieder von vorn an nur dass ich dieses Mal und zum ersten Mal undercover bin.Das ist kein einfacher Job. Der Aufsichtführende Special Agent Barrett Kingston schickt mich in den Untergrund, um die Bratva zu infiltrieren.

Als ob das nicht schon kompliziert genug wäre, muss ich auch noch Madisyn Carter, einer ehemaligen FBI-Agentin und Kollegin aus dem Weg gehen.

Ich bin innerlich ein nervöses Energiebündel , aber äußerlich ruhig mit einem schüchternen Lächeln. Ich schlucke die Angst hinunter und vergrabe sie so tief wie möglich in mir, denn ich darf es nicht vermasseln.

Das FBI hat von uns verlangt, dass wir Beweise gegen Mikhail Barinov und seine kriminelle Organisation liefern. Das ist keine leichte Aufgabe, aber ich habe es nicht mit dem Pakhan zu tun. Ich konzentriere mich auf einen der Männer, die den Club leiten. Mein Ziel ist Anton Petrova.

Ich schlendere in einem kurzen schwarzen Rock und einem knallroten Top, das zu meinem Lippenstift passt, in den Club Sage. Das ist nicht meine übliche Kleidung, aber ich bin so gekleidet, um diese Rolle zu spielen und für mein Gespräch mit Anton.

Als ich die schwere Tür aufreiße, sehe ich, dass das Innere des Clubs viel dunkler ist als das Äußere und es dauert einen Moment, bis sich meine Augen an die intensive Veränderung gewöhnt haben.

„Kann ich dir helfen?", fragt ein Mann mit einem starken russischen Akzent. Er mustert mich von oben bis unten, es ist nicht Anton. Ich habe sein Bild oft genug gesehen und es mir eingeprägt , auf wen ich es abgesehen habe. Ich muss erkennen, dass dieser Mann ein weiteres Mitglied der Bratva ist. Der

Mann an der Tür ist nichts weiter als ein besserer Leibwächter.

„Ich habe ein Vorstellungsgespräch", sage ich.

Der Ort riecht nach frischer Farbe und Holz. Der Innenraum glänzt und die Bühne sieht neu aus. Auf den ersten Blick scheint der Club gerade erst eröffnet worden zu sein, aber das Äußere des Gebäudes zeigt sein Alter. Etwas muss hier passiert sein, dass eine so umfangreiche Renovierung erforderlich machte.

Weder das FBI noch die Zeitungen erwähnen etwas davon. Kein Bericht in den Nachrichten, der auf einen Umbau oder den Grund dafür hinweist.

„Warte hier", sagt der Mann. Er stapft den Flur hinunter und verschwindet aus meinem Blickfeld. Eine Minute später kommt er zurück. In seinem Ton ist kein bisschen Freundlichkeit oder Wärme zu spüren. „Folgen Sie mir."

Ich gehorche und begleite ihn den langen dunklen Flur entlang, um die Bar herum in den hinteren Bereich. Es ist ein kleines Büro, ohne Fenster mit nur einer Tür.

„Hallo, ich bin Savannah", sage ich, stelle mich vor und reiche ihm meinen Lebenslauf.

„Danke, Dmitri." Der Russe, der mich in das Büro begleitet hat, schließt die Tür hinter mir, als er geht. „Ich bin Anton." Er lässt den Lebenslauf auf den Schreibtisch fallen, ohne sich für das Papier und die darin enthaltenen Informationen zu interessieren.

Ich presse meine Lippen zusammen. Er hat nicht gestikuliert oder mir gesagt, dass ich mich setzen soll, also stelle ich mich ihm gegenüber an den Schreibtisch, die Hände vor meiner Brust gefaltet.

„Tanzt du?" Anton mustert mich und sein Blick prüft jeden Zentimeter meiner bekleideten Haut.

„Ich habe es probiert", sage ich. Agent Kingston hat vor dieser Operation darauf bestanden, dass ich einen Pole-Dancing-Kurs besuche und mit einem Lehrer trainiere. Das waren nicht meine besten Stunden, aber ich habe mich seither ziemlich verbessert. Genug, dass ich das Tanzen schaffen sollte. Es ist ja nicht so, als würde ich schwindeln, dass ich jahrelange Erfahrung habe.

„Ich muss sehen, was du drauf hast. Tanz", Anton deutet mit einer Geste auf mich und zeigt auf den kleinen Raum. Er ist nicht auf einen Lap Dance aus. Er will, dass ich ihm zeige, was ich allein kann.

Mein Puls beschleunigt sich und ich lege meine Handtasche auf einen Stuhl in der Nähe. Ich drehe mich mit dem Rücken zu Anton und wiege meine Hüften, damit er mir auf den Hintern starren kann, während ich den obersten Knopf meiner roten Bluse öffne.

Ich drehe mich zu ihm um, sodass er einen Blick auf meinen Push-up-BH erhaschen kann, aber ich habe noch nicht alles gezeigt. Auf der Bühne werde ich viel weniger tragen, aber er hat mich nicht gebeten, mich auszuziehen. Wahrscheinlich wird das aber während des Vorstellungsgesprächs von mir erwartet, also kann ich es ihm genauso gut zeigen.

Der Mann sieht gar nicht so schlecht aus. Okay, wenn ich ehrlich sein soll, Anton ist heiß. Seine dunkelbraunen Augen wandern an meinem Körper entlang. Sein Haar ist dicht und dunkel. Ich wage zu behaupten, dass ich mit meinen Fingern durch sie fahren möchte. Aber ich unterlasse es.

Er trägt einen zugeknöpften Anzug und ich kann nicht erkennen, was er darunter trägt. Am liebsten würde ich ihn ausziehen, sein knackiges weißes

Baumwollhemd aufreißen, ihn an der Krawatte packen und zu mir auf die Knie ziehen.

Aber ich bezweifle, dass er sich von mir beherrschen lassen wird.

Er ist die Art von Mann, die Macht ausstrahlt und es genießt, die Kontrolle zu haben. Allein die Vorstellung, wie es mit ihm im Bett wäre, lässt meine Wangen brennen und hilft mir, mich in meine Rolle als Tänzerin für seinen Club hineinzuversetzen.

Ich nutze den kleinen Raum und nehme ihn in Besitz, als ob ich hierher gehöre, denn es darf nicht schiefgehen, wenn ich die Karriereleiter hochklettern will.

Der hölzerne Schreibtisch steht zwischen uns, und ich benutze ihn beim Tanzen als Requisit. Ich mache mir nicht die Mühe, um Erlaubnis zu fragen, bevor ich darauf klettere, denn meine Plateau Absätze lassen mich gegen das Holz krachen. Zum Glück hat der Raum hohe Decken.

Anton starrt mich an und lehnt sich mit einem süffisanten Grinsen in seinem Ledersessel zurück. Ich bin mir sicher, dass er mir unter den Rock schauen und den Tanga sehen kann, den ich trage.

Ich habe damit gerechnet, dass er im Vorstellungsgespräch von mir verlangt, dass ich tanze, und ich wollte vorbereitet sein.

Ich muss diesen Job bekommen. Wenn ich ihn nicht bekomme, kann ich nicht beleidigt zum FBI zurückgehen und sagen, dass ich beim grundlegendsten Aspekt der verdeckten Ermittlungsarbeit versagt habe, das heißt bei den bösen Jungs unterzukommen.

Ich wiege meine Hüften und meine Hände streichen über meinen Körper, um die restlichen Knöpfe meiner Bluse zu öffnen. Ich drehe Anton den Rücken zu und streife mir die Bluse langsam über die Schultern. Meine Bewegungen sind aufreizend und verführerisch. In diesem Büro gibt es keine Stange. Ich muss nutzen, was vorhanden ist.

Ich fahre mit den Fingern durch meine langen blonden Locken und lasse meine Hand über meinen BH wandern, während ich die rote Bluse auf den Boden fallen lasse. Ich werde keine Bluse tragen, wenn ich für den Club tanze, sondern nur einen G-String und ein Bikinioberteil.

Mein schwarzer Rock schlingt sich um meine Taille und während ich tanze löse ich den Clip, der den

Stoff zusammenhält, bevor ich ihn auf den Boden gleiten lasse.

Anton rutscht in seinem Sitz und beißt sich auf die Unterlippe. Die Spitzen seiner Ohren sind knallrot. Wird er immer von der Unterhaltung erregt? Oder liegt es an mir?

Die Bürotür schwingt auf, ohne dass angeklopft wird. Soll ich weitermachen? Als ob Musik gespielt würde, wiege ich mich und tanze weiter.

Anton räuspert sich und gibt mir ein Zeichen, dass ich heruntersteigen soll. „Ich habe genügend gesehen."

„Ich werde mich mit dir unterhalten, wenn du fertig bist", sagt der Herr, der ins Büro gestürmt ist.

Ich erkenne ihn aus dem Zusammenhang heraus, den ich mir einprägen musste. Es ist Nikita Krylova, einer von Mikhails Männern und der Manager des Clubs.

Er zieht sich aus dem kleinen Büro zurück und schließt die Tür, während ich vom Schreibtisch herunterklettere und meine Kleidung vom Boden aufhebe. Ich trage immer noch mein scharlachrotes Höschen und meinen BH.

„Die Bezahlung ist beschissen. Meine anderen Mädchen haben Vorrang auf der Hauptplattform. Du musst dir deinen Platz auf der Bühne erst verdienen", sagt Anton. „Der Club nimmt fünfzig Prozent. Du musst die Kleidung tragen, die wir dir zur Verfügung stellen, und darfst die Gäste nicht anpöbeln oder die Angestellten beleidigen. Außerdem darfst du nach Feierabend keine Privatkunden annehmen. Bist du noch interessiert?"

„Wann soll ich anfangen?", frage ich.

ZWEI

ANTON

Ich war den ganzen Morgen in meinem Büro, um Vorstellungsgespräche zu führen, und nur ein Mädchen tauchte auf, eine sexy Blondine mit den hellsten blauen Augen, die ich je gesehen habe, Savannah Parker.

Ich hätte sie aufgrund ihres Aussehens, ihrer Titten und ihrem Hintern sofort eingestellt.

Aber ich dachte mir, dass ich sie auch tanzen lassen könnte, und ich bin froh, dass ich das getan habe. Das war eine tolle Show, und sie war ganz allein für mich.

Bis mein Chef, Nikita, ohne anzuklopfen hereinplatze. Konnte er nicht so tun, als würde ihn das interessieren? Das Letzte, was ich möchte ist, dass das neue Mädchen denkt, dass ich unter Nikita stehe, auch wenn er mein Vorgesetzter ist.

Der Mann leitet den Club.

Mikhail, dem Chef der Bratva, gehört das Geschäft. Aber er ist zu sehr mit anderen Dingen beschäftigt, um jedes Unternehmen zu leiten, an dem er beteiligt ist. Ich bekomme einen Teil der Einnahmen aus dem Club, während Mikhail das Geld wäscht. Das ist eine Win-win-Situation für alle.

Ich stehe auf und löse meine Krawatte. Savannah hat bereits den Weg aus dem Büro gefunden. Sie hat die Anweisung, zurückzukommen, wenn wir heute Abend öffnen. Bis dahin ist es für sie nicht notwendig hierzubleiben. Ich möchte nicht, dass sie den Scheiß, den wir hier machen, mitbekommt.

Ich öffne die Bürotür und gehe die Treppe hinauf zu Nikitas Privatbüro. Er hat ein großes Büro mit Einwegglas und einem außergewöhnlichen Blick auf die Tanzfläche. Auch nach dem Umbau hat er den gleichen Grundriss und die gleiche Aufteilung beibehalten. Sein Büro ist dreimal so groß wie meins. Da ich aber viel mehr Zeit mit den Damen und Gästen auf der Tanzfläche verbringe, ist es gerechtfertigt dass sein Büro um einiges größer ist als meins.

Jemand muss dafür sorgen, dass der Laden reibungslos läuft, obwohl Nikita der Manager ist, mische ich mich gerne unter die Gäste, helfe, wenn die Bar mit Getränkebestellungen überfordert ist, und sorge dafür, dass der Laden reibungslos läuft.

Ich sollte den Club leiten, aber ich bin Nikita nicht böse. Wir sind Brüder.

Anders als Nikita, der in mein Büro stürmt, klopfe ich an, bevor ich eintrete.

„Es ist offen", sagt Nikita.

Ich trete in sein Büro und schließe die Tür hinter mir.

Er blickt hinter seinem Schreibtisch auf, den Stift in der Hand, aber er hört auf zu schreiben. „Du hattest vorhin ein süßes Mädchen bei dir drin. Hast du sie eingestellt?" fragt Nikita.

„Das habe ich", sage ich und grinse.

„Sie ist eine gute Tänzerin. Stellst du alle deine Mitarbeiter so ein? Denn ich würde gerne bei dem Bewerbungsprozess dabei sein."

„Halt die Klappe."

Nikita zuckt mit den Schultern und ist nicht im Geringsten beleidigt. „Ich mache heute Abend früher Schluss. Ich nehme an, du kannst für mich abschließen."

Er fragt nicht.

„Klar doch", sage ich. Ich sollte nicht fragen, aber ich kann mich nicht zurückhalten, weil ich wissen will, ob es wegen seiner neuen Flamme ist. „Hast du Pläne mit Lucy?"

Er ist verheiratet, obwohl er mir nicht wie ein Familienmensch vorkommt, war die Heirat ursprünglich zum Schutz von Lucy und ihrem Sohn gedacht. Aber ich glaube, er hat schon immer Gefühle für sie gehegt, auch wenn er sie gehasst hat. Außerdem kann der Mann kaum seine Krallen von ihr lassen.

„Nein, sie geht mit Hannah einkaufen."

„Halte sie besser an der kurzen Leine", scherze ich.

„Ich bin nicht besorgt. Hannah geht ein Hochzeitskleid kaufen." Nikita zeigt mir seinen Ehering. „So wie ich das sehe, bin ich billig davongekommen."

„Sei vorsichtig, Bruder. Wenn du sie auf dem Gericht geheiratet hast, könntest du dir noch in den Hintern beißen. Wenn sie dich so reden hört, wird sie um eine Wiederholung der Hochzeit an einem exotischen und teuren Ort bitten."

Nikita und ich sind zwar keine Blutsbrüder, aber wir sind beide Mitglieder der Bratva. Wir könnten genauso gut Blutsbrüder sein, denn unsere Bindungen sind genauso stark.

„Pass auf, dass du sie nicht auf dumme Gedanken bringst", warnt er.

„Das würde mir im Traum nicht einfallen."

Nikita schiebt ein paar Seiten auf seinem Schreibtisch hin und her. Er blickt noch einmal zu mir auf. „Hast du den Hintergrund der neuen Mitarbeiterin überprüft?"

„Nein, habe ich nicht." Ich zucke zusammen, als mir klar wird, dass ich ihre Qualifikationen hätte überprüfen sollen, bevor ich ihr die Stelle anbot. „Ist das ein Problem? Uns fehlen zwei Tänzerinnen." Es würden noch mehr fehlen, wenn Nikita sie nicht während der Renovierung bezahlt hätte, damit sie bei der Wiedereröffnung des Clubs einsatzbereit sind.

Nikita blickt auf seine Uhr, als ob das zeigen würde, wie lange die Überprüfung des Hintergrunds dauern wird.

Tage.

Wir haben keine Tage.

Ich habe nur noch ein paar Stunden und keine Vorstellungsgespräche mehr für den Nachmittag. Selbst wenn ich ein halbes Dutzend Mädchen für den Job hätte, könnte ich sie auch nicht mehr überprüfen.

„Stell einfach sicher, dass ihre Referenzen stimmen. Hat sie in einem anderen Club gestrippt?" fragt Nikita.

„Ich werde mir ihren Lebenslauf ansehen", sage ich und gebe zu, dass ich ihn während des Vorstellungsgesprächs nicht einmal flüchtig angeschaut habe. Ich war zu sehr auf die süße Blondine fixiert.

Ich räuspere mich. Normalerweise bin ich nicht so unprofessionell, wenn ich Tänzerinnen einstelle. Für gewöhnlich habe ich mehr Zeit zwischen dem Vorstellungsgespräch und der Anstellung.

„Denkst du?" Nikita ist mehr als etwas schnippisch. „Beginne mit der Überprüfung des Hintergrunds, aber wir lassen sie heute Abend mit der Arbeit beginnen."

———

Ich sollte nicht aufgeregt sein, als Savannah den Club betritt. Sie ist hier, um zu arbeiten, aber mein Herzschlag beschleunigt sich.

Ihre Augen treffen meine und sie schenkt mir ein schüchternes Lächeln. Ich falle nicht auf ihre unschuldige Masche herein. Sie hat auf meinem Schreibtisch getanzt. Das Mädchen ist nicht im Geringsten schüchtern.

Ich gehe durch den Flur und begrüße sie zu ihrem ersten Tag. „Bist du bereit?", frage ich, als sie mir zu dem Damenumkleideraum folgt.

„Ich hoffe es", sagt Savannah mit einem nervösen Lachen. Ihre Stimme zittert und ich habe den

Eindruck, dass sie es vielleicht nicht gewohnt ist, vor Männern zu tanzen, aber ich gehe davon aus, dass sie die Aufmerksamkeit genießen wird. Die meisten Mädchen tun das, und die, die es nicht tun, hören auf.

Auf einem Metallständer hängen Dutzende von Outfits, die von den Mädchen getragen werden können. „Alles, was auf dem Ständer hängt, kannst du dir ausleihen. Wenn du deine eigenen Klamotten mitbringen willst, benötigst du für jedes neue Outfit die Genehmigung der Geschäftsleitung. Haare, Make-up und Nägel sollten fertig sein, bevor du dich anziehst. An der hinteren Wand stehen Schuhe, die du dir ausleihen kannst. Auch hier gilt: Alles, was du mitbringen willst, muss von Nikita oder mir genehmigt werden."

„Keine Stiefel", sagt ein anderes Mädchen, während sie vor einem Spiegel sitzt und ihren flüssigen Eyeliner aufträgt. „Und du suchst deine Garderobe zuletzt aus."

„Bailey, du heißt mich herzlich willkommen", murmle ich ihr zu.

„Ich habe das höhere Dienstalter", sagt Bailey.

„Und du bringst neunzig Prozent deiner Kleidung mit. Ich weiß nicht, warum du es für nötig hältst, das neue Kind zu schikanieren."

„Ich bin nicht irgendein Kind", scherzt Savannah. „Ich kann auf mich selbst aufpassen."

Ich bin überrascht von der Dreistigkeit des neuen Mädchens. „Na gut, wie du willst." Ich schließe die Tür und lasse die Mädchen allein, bevor die Bühnenshow beginnt.

Ich muss Abstand halten.

Savannah ist tabu. Sie ist eine Tänzerin und ich bin das Management. Die Sache zwischen uns, der Funke, muss ausgelöscht werden.

Ich räuspere mich, verschwinde aus dem Mädchenumkleideraum und stoße mit Nikita zusammen.

„Du hast es aber eilig", knurrt er und wirft mir einen Blick zu. Sein Blick verengt sich, er packt mich am Arm und zieht mich in einen der hinteren Lagerräume, in denen wir unseren Schnaps aufbewahren.

„Was?" Ich weiß nicht, warum er es für nötig hält, mich vom Gang wegzuziehen. Ich habe noch nichts falsch gemacht.

„Ich habe diesen Blick gesehen", sagt Nikita. „Ich habe ihn wochenlang ertragen, als ich mit Lucy zu tun hatte."

Ich räuspere mich. „War das bevor oder nachdem du sie geheiratet hast?" Ich weiß ehrlich gesagt nicht, welchen Blick er meint, aber ich versuche, das Gespräch von der neuen Mitarbeiterin abzulenken.

„Vorher, als sie mich so wütend gemacht hat, wollte ich sie nur noch bezwingen und mich an ihr vergehen."

Ich wähle meine Worte sorgfältig. „Ja, ich habe gesehen, wie du sie ansiehst." Wir hätten blind sein müssen, um nicht die hitzigen Blicke zu sehen, die sie austauschten, selbst wenn sie sich schworen, dass sie sich hassen.

„Glaub mir, wenn ich sage, dass du das neue Mädchen genauso anstarrst."

„Sie ist nur eine Tänzerin. Ich befrage alle meine Tänzerinnen auf dieselbe Weise. Sie ist nichts

Besonderes." Ich verschlucke mich fast an den Worten, weil ich sie selbst nicht glaube.

Savannah sollte nichts Besonderes sein; sie ist nur ein weiteres Mädchen, das wir zur Unterhaltung der Gäste engagiert haben.

Aber etwas an ihr lässt mich nicht los, vielleicht die Tatsache, dass ich gerne ein oder zwei private Tänze und eine Verabredung mit ihr allein in einer Suite hätte.

„Heute Abend gehen wir etwas trinken. Lass alles hinter dir, denn du musst dich auf die Arbeit konzentrieren. Und dann komm morgen wieder und sei so mürrisch und dumm wie du bist."

„Ich muss heute Abend im Club einspringen. Bietest du mir an, meine Schicht zu übernehmen?"

„Nein, aber du musst dir einen heißen Arsch suchen und das neue Mädchen vergessen."

Ich schnaube vor mich hin. In welcher Freizeit? Bei ihm klingt es so einfach, und es fällt mir nicht schwer, Mädchen abzuschleppen, aber ich will nicht, dass meine One-Night-Stands bei der Arbeit auftauchen. Ich ziehe es vor, mein Privatleben von meinem Job zu trennen. „Ich kümmere mich gleich darum, Chef."

Ich gehe in mein Büro, öffne das Siegel des Wodkas und gieße mir einen Drink ein.

Was weiß Nikita?

Savannah ist nur ein weiteres Mädchen, eine Tänzerin. Sie ist nichts für mich. Sicher, sie ist wunderschön, mit ihren langen blonden Haaren und den strahlend blauen Augen, aber mir geht es mehr um Persönlichkeit, nicht ums Aussehen.

Ich trinke noch einen Schluck Wodka und versuche, mir einzureden, dass ich nichts für sie empfinde.

Nikita ist mir unter die Haut gegangen.

Ich verlasse hastig mein Büro und gehe in den Hauptraum. Ein paar Kunden sitzen dort, nippen an ihren Getränken und schauen Bailey auf der Bühne zu.

Savannah ist noch nicht aus der Garderobe herausgekommen, aber sie hat noch zehn Minuten Zeit, bis sie zu spät kommt.

Ich gehe durch die Haupthalle und behalte die Gäste im Auge. Seit dem Zwischenfall mit den Italienern vor ein paar Monaten haben wir die Sicherheitsmaßnahmen erhöht. Otello und einige seiner Kumpels kamen mit gezogenen Waffen herein.

Von überall her ertönen Schüsse, Männer in Anzügen bewachen den Eingang und den Ausgang. Sie geben sich keine Mühe, Masken zu tragen. Sie wollen, dass wir wissen, wer sie sind, und dass eine Nachricht überbracht wird.

„Wo ist Nikita?", fragt Otello mit seinem dicken italienischen Akzent. Der Mann riecht nach Wodka, als würde er darin baden oder ihn als Parfüm benützen.

Er schiebt mir eine Waffe unter das Kinn, während zwei Männer den Laden mit Kugeln beschießen. „Oben", sage ich. Ich zucke nicht zurück oder ducke mich. Ich möchte Nikita und seine neue Flamme warnen, dass es Ärger geben wird, aber dafür ist keine Zeit.

„Am besten du rennst nach Hause und warnst die Familie, dass unser Kampf noch nicht vorbei ist", sagt Otello. Er senkt seine Waffe, aber schießt nicht auf mich. Er hat die Gelegenheit dazu. Sie könnten die Tänzerinnen oder die Gäste töten, aber sie haben sie durch den Seitenausgang fliehen lassen, als wollten sie, dass sie durch diese Tür fliehen, während sie Wache stehen und die Wände und Tische, die Bar und die Bühne mit Kugeln

beschießen. Schrapnell fliegt in alle Richtungen und zerschneidet meinen Arm.

Ich höre auf Otello's Warnung. Ich steige aus, solange ich noch kann, ich atme und mein Herz schlägt noch. Die Italiener sind nicht dafür bekannt, freundlich zu sein oder Menschen am Leben zu lassen, schon gar nicht ihre Feinde.

Auf dem Parkplatz herrschen Schreie und Angst. Die Menschen springen in ihre Fahrzeuge, hupen und versuchen, einander den Weg abzuschneiden. Jeder will so schnell wie möglich wegkommen.

Ich hole meine Schlüssel aus meiner Tasche. Mein Telefon liegt in meinem Büro. Ich werde nicht zurückgehen, um es zu holen. Ich springe in mein Auto, starte den Motor und fahre vom Parkplatz weg. Ich fahre direkt zum Gelände. Ich muss Mikhail, den Pakhan, finden und ihm sagen, was zum Teufel in seinem Club los ist. Sie werden Verstärkung und Rückendeckung schicken, vorausgesetzt, es ist noch nicht zu spät.

Das Gebäude riecht noch immer nach frischer Farbe. Die Holzböden wurden neu verlegt und das Innere neu gestaltet und umgestaltet. Aber der Geruch von Schießpulver kribbelt immer noch in meiner Nase und ein Schauer läuft mir über den

Rücken, obwohl heute Nacht keine unmittelbare Gefahr besteht.

Die zusätzlichen Wachen an allen Ein- und Ausgängen sorgen für die Sicherheit des Gebäudes. Wir haben ein neues Überwachungssystem, das alles auf dem Gelände aufzeichnet und eine Kopie in die Cloud schickt, um sie zu speichern. Hinter der Bar befindet sich ein stiller Alarm, der das Gelände und Mikhails Männer benachrichtigt, wenn etwas passiert.

Das nächste Mal werden wir vorbereitet sein. Aber ich hoffe, dass es kein nächstes Mal gibt, dass der Krieg zwischen den Italienern und den Russen endgültig vorbei ist.

Savannah stolziert mit einem Paar silberner Schnürpumps aus der Umkleidekabine. Sie glitzern und passen zu dem sexy Outfit, das sie trägt.

Ist das eins von unseren Outfits? Ich kann mich nicht erinnern, dass ein Mädchen es schon einmal getragen hat, zumindest nicht so gut wie Savannah. Das Mädchen ist eine verdammte Göttin.

Ihr Haar ist zurückgebunden und sie schaut mich nicht an, als sie über den Holzboden geht und auf die kleinere Plattform steigt. Bailey oder eines der anderen Mädchen muss ihr gesagt haben, wo sie auf der Bühne stehen soll.

Wir sind nicht nur ein Stripclub. Wenn wir das wären, würde es gegen das Gesetz verstoßen. Es gibt eine 60/40-Regel, die besagt, dass jedes Geschäft nicht mehr als 40 % seiner Fläche der Unterhaltung für Erwachsene widmen darf. Wir drehen die Regeln um. Wenn wir die richtigen Leute schmieren, drücken sie ein Auge zu. Mikhail hatte über Änderungen während der Renovierung nachgedacht, aber man entschied sich, die Einrichtung so beizubehalten wie sie war. Die Gäste sollen sich wie zu Hause fühlen, und wir haben Stammkunden, die unser Lokal anderen vorziehen.

Ihre Absätze klacken über die Holzdielen, und selbst bei der pulsierenden Musik könnte ich schwören, dass ich den Takt ihrer Schuhe auf dem Boden hören und spüren kann. Sie klettert auf die kleine Bühne und beginnt ihren Tanz.

Ich will sie beobachten und bin fasziniert von allem, was sie an sich hat. Wenn ich sie etwas zu lange anstarre, schaut sie mich an und schenkt mir ein verschämtes Lächeln. Sie ist eine Füchsin. Sie ist auf keinen Fall schüchtern oder neu im Tanzen. Die Frau beherrscht die Bühne, indem sie die Hüften schwingt und sich an der Stange festhält. Sie stellt die anderen Mädchen in den Schatten, die an den ständigen Ansturm der Gäste gewöhnt sind.

Sie werden sie hassen. Sie spielt nicht fair und teilt die Aufmerksamkeit nicht. Es ist zwar nicht ihre Schuld, dass sie neu ist, aber die Männer mögen Frischfleisch. Auch wenn wir jetzt wieder öffnen, ist sie immer noch ein Neuling auf der Tanzfläche. Unsere Gäste sind in der Regel Stammgäste, die bis zur Wiedereröffnung vielleicht in anderen Lokalen waren, aber ein Blick auf Savannah genügt, um zu wissen, dass sie genauso süchtig sind wie ich.

Ich gehe in die andere Richtung, in mein Büro. Ich schwöre, ich brauche eine kalte Dusche und einen starken Drink - Ablenkung.

Ich warte den größten Teil der Nacht in meinem Büro ab. Ich sollte auf der Etage sein, die Gäste begrüßen und dafür sorgen, dass alle zufrieden sind. Aber ich habe keine Beschwerden gehört und ich bin sicher, dass mich jeder der auf der Etage arbeitet findet,, wenn es nötig ist.

„Komm rein", sage ich. Wenn es Nikita wäre, würde er ohne zu überlegen hereinplatzen.

Savannah steht an der Tür. Sie trägt nicht mehr ihr silbernes Paillettenkleid, was es mir leichter macht, sie anzusehen, ohne dass mir die Kinnlade herunterfällt.

„Was kann ich für dich tun?", frage ich und lege meinen Stift auf dem Schreibtisch ab.

„Ich bin neu in der Gegend", sagt Savannah. „Ich hatte gehofft, du könntest mir einen Ort empfehlen, an dem ich spät noch etwas essen kann.

„Um diese Uhrzeit?" Ich schaue auf meine Uhr und stehe auf. „Begleitet dich eines der anderen Mädchen?" Mir gefällt der Gedanke nicht, dass sie nach zwei Uhr nachts durch die Straßen von New York läuft.

„Das bezweifle ich", sagt sie und blickt auf ihre Füße.

Ich stehe auf, nehme meine Anzugjacke von der Stuhllehne und werfe sie mir über die Schultern. „Ich komme mit dir", sage ich.

„Du musst das nicht tun—"

„Ich muss es nicht, aber ich tue es", sage ich. Ich schalte das Licht im Büro aus und schließe die Tür ab. Meine Hand liegt auf ihrem Rücken, während ich sie den Flur hinunter und zum Hinterausgang begleite.

Der Club ist für heute Abend geschlossen. Die Mädchen machen sich auf den Weg zu ihren Autos. Dmitri ist der letzte, der geht, mit der Anweisung, den Laden abzuschließen, nachdem ich mich auf den Weg gemacht habe.

„Bist du hierhergefahren?" frage ich, als wir auf den Parkplatz hinausgehen. Ich nehme nur Dmitris Fahrzeug und mein eigenes zur Kenntnis. Die anderen Plätze sind leer. Die Mädchen sind gerade gemeinsam losgefahren. Savannah sollte versuchen, sich mit ihnen anzufreunden, nicht mit dem Chef.

„Ich habe kein Auto", sagt Savannah.

„Wie kommst du in der Stadt zurecht?"

„Mit der U-Bahn, so wie alle anderen auch." Sie deutet in Richtung des Bahnhofs.

„Das sind vierzehn Blocks. Du läufst nicht zur U-Bahn." Sie hat Glück, dass die Bahn die ganze Nacht fährt, das ist der Vorteil, wenn man ein New Yorker ist. Die Stadt schläft nicht. Ich drücke den Knopf, um die Türen meines SUVs zu entriegeln. „Steig ein."

Seufzend gibt sie nach und klettert auf den Beifahrersitz. „Danke. Du kannst mich einfach am Bahnhof absetzen."

„Ich dachte, du hast Hunger."

„Habe ich auch", stammelt sie und zieht den Sicherheitsgurt tief und fest über ihren Schoß, „aber ich will dir nicht zur Last fallen."

„Ich könnte auch einen Bissen vertragen", sage ich. Es wird niemanden stören, wenn ich frühmorgens wieder auf dem Gelände ankomme. Ich bin es gewohnt, spätabends

heimzukommen.

Ich fahre von dem Parkplatz. Der Verkehr ist gering, um diese Zeit ist kaum jemand auf der Straße, sodass es einfach ist, quer durch die Stadt zu einem der besten Cafés zu fahren, das

rund um die Uhr geöffnet hat.

„Wie lange leitest du den Club schon?", fragt Savannah.

„Schon ewig", sage ich. Ich gehe nicht auf die Einzelheiten ein. Es geht sie nichts an, wann ich angefangen habe, im Club zuarbeiten ; praktisch gesehen ist Nikita der Manager. Ich bin ihm unterstellt, kümmere mich aber um die Tänzerinnen und Tänzer und alle Neueinstellungen.

„Was ist mit dir? Was hast du vor dem Tanzen gemacht?" frage ich. Ich zucke zusammen, als mir klar wird, dass ich ihren Lebenslauf nicht gelesen habe. Aber was sollte mir ein Stück Papier sagen, das ich nicht von meinem Gesprächspartner erfahren könnte?

„Ich habe Buchhaltung studiert", sagt Savannah. Sie starrt auf die Straße, bevor sie einen kurzen Blick in meine Richtung wirft.

„Hast du abgeschlossen?" Ich kann mir nicht vorstellen, dass sie das getan hat und sich als Tänzerin bewirbt, es sei denn, sie hat Schulden und will schnell viel Geld verdienen.

„Im ersten Jahr bin ich rausgeflogen, weil ich zu viel gefeiert habe." Savannah kichert und blickt zu Boden. Ihre linke Hand spielt mit ihrem Haar und wickelt eine Strähne um ihren Finger. Ist das eine nervöse Angewohnheit, die sie sich angewöhnt hat?

„Ich wette, deine Eltern waren nicht sehr erfreut."

„Sie waren nicht erfreut und haben mir den Geldhahn zugedreht. Sie sagten mir, ich solle mir einen Job suchen und mich selbst versorgen. Und das habe ich getan." Sie lächelt verlegen und blickt in meine Richtung.

Ich verstehe, dass sie noch mehr zu erzählen hat, aber ich dränge sie nicht. Es geht mich nichts an, solange sie nicht in Schwierigkeiten gerät.

„Wie lange bist du schon nicht mehr auf dem College?", frage ich und räuspere mich. Das Mädchen ist über einundzwanzig. Ich hatte mit ihren Einstellungsunterlagen eine Kopie ihres Führerscheins gemacht, aber ich kann mich nicht mehr genau an ihr Geburtsdatum erinnern. Ich habe die Informationen nur überflogen.

„Das ist schon ein paar Jahre her", sagt Savannah. „Ich habe in verschiedenen Jobs herumprobiert, aber ich konnte nirgendwo so recht Fuß fassen. Man kann wohl sagen, dass ich eine Art Freigeist bin. Das hat mich auch zum Tanzen gebracht."

„Ein Freigeist, der einen Abschluss in Buchhaltung machen wollte?"

Sie kichert und blickt auf ihren Schoß. Ich halte auf dem Parkplatz des Cafés und stelle den Motor ab. „Ich habe nie behauptet, dass der Abschluss in Buchhaltung meine Idee war. Aber ich habe ein Händchen für Zahlen."

„Lass mich raten. Du bist ein kleiner Rebell und deine Eltern wollten, dass du Buchhaltung studierst?"

„Mein Vater", sagt Savannah und rümpft die Nase. „Genug von ihm." Sie öffnet die Autotür, und ich tue dasselbe und steige aus.

Die Morgenluft ist frisch, kühl und sauber. Der Mond ist fast voll, und obwohl die Lichter der Stadt vom sternenklaren Nachthimmel ablenken, ist die Dunkelheit einladend.

Ich öffne die Tür des Cafés und begleite sie hinein zu einem Tisch im hinteren Teil. Auf dem Weg zum Tisch schnappe ich mir zwei Speisekarten und fühle mich gleich wie zu Hause. Das Café gehört uns, aber ich habe nicht vor, Savannah von unseren Geschäften zu erzählen.

„Müssen wir nicht auf die Bedienung warten?", fragt Savannah und wirft einen Blick hinter sich.

Schließlich folgt sie mir zum Tisch und setzt sich mir gegenüber.

„Nicht um diese Zeit", sage ich und reiche ihr die Speisekarte. Ich sitze mit dem Rücken zur Wand und mein Blick ist auf den Vordereingang gerichtet. Ich sitze nie gerne mit dem Rücken zu einer Tür. Ich muss immer wachsam sein und meine Umgebung im Auge behalten.

Sie lässt sich auf den Stuhl am Tisch nieder, nimmt ihre Speisekarte und wirft einen flüchtigen Blick darauf. „Was empfiehlst du?", fragt sie. Anders als im Club, wo sie praktisch nichts anhatte, ist sie mit ihren blauen Jeans und dem ausgebeulten Sweatshirt ein echter Hingucker.

Ihre raue Art macht sie eine Million Mal charmanter als die schicken wohlhabenden Mädchen, die unsere Tänzerinnen darstellen. Obwohl ich bezweifle, dass die Mädchen vor ihrer Zeit als Tänzerinnen wohlhabend waren, tun sie gerne so, als ob sie einen luxuriösen Lebensstil führen. Vielleicht tun das auch Einige von ihnen. Ich überwache sie zu Hause nicht.

„Irgendwelche Vorschläge?", fragt sie wieder.

„Alles ist köstlich." Ich kann kein schlechtes Wort über diesen Ort verlieren. Selbst wenn er uns nicht gehören würde, ist das Essen fantastisch.

„Das hilft, die Auswahl einzugrenzen." Das Lächeln auf dem Gesicht der Blondine ist echt und ihre Schultern entspannen sich, als ob sie endlich zur Ruhe kommen würde.

„Hat dir deine erste Nacht gefallen?", frage ich.

Ich lege die Speisekarte weg. Ich muss sie mir nicht ansehen. Ich habe sie komplett auswendig gelernt. Aber es war eine nette, willkommene Ablenkung, als ich eine Redepause brauchte. Aus irgendeinem Grund fühle ich mich bei Savannah nicht im Geringsten unbehaglich.

Vielleicht ist es eine Mischung aus Leidenschaft und Chemie, die in der Luft liegt und es unmöglich macht, sie nicht anzustarren.

Sie wickelt ihr Haar wieder um den Finger und dieses Mal klemmt ihre Unterlippe zwischen den Zähnen, während sie auf die Speisekarte schaut und sie begutachtet. „Bestellst du für mich? Ich muss mal auf die Damentoilette."

„Irgendwelche Allergien?", frage ich sie. Ich weiß nicht, was sie mag, aber ich weiß, was ich will, und es ist nicht nur das Essen, auf das ich scharf bin.

Ich räuspere mich, denn ich muss meine Gedanken an Savannah's Tanz loswerden.

„Nö", sagt sie. Sie schnappt sich ihre Handtasche und geht zur Toilette. Einen kurzen Moment irrt sie orientierungslos umher, bevor sie den richtigen Weg zur Damentoilette findet.

Ich ziehe mein Handy aus der Jackentasche und werfe einen Blick auf das Display. Nichts Dringendes. Die meisten von Mikhails Männern schlafen um diese Zeit, abgesehen von einer Handvoll Wachen und Sicherheitsleuten, die das Gelände sichern.

Die Kellnerin kommt vorbei, während Savannah auf der Toilette ist, und ich bestelle für uns beide. Ich bin versucht, die Kellnerin zu bitten, uns eine Flasche Wein zu bringen. Alkohol wird hier nicht serviert, aber wir haben immer ein halbes Dutzend Flaschen im Lager, wenn wir Gäste geschäftlich einladen.

Nicht, dass das hier geschäftlich wäre.

Es geht um Savannah.

Sie ist eine Tänzerin. Wird die Verlobung dadurch zum Vergnügen? Schon bei der bloßen Andeutung wird mir unwohl. Das Mädchen hat einen tollen Körper, und nachdem ich ihren Auftritt in meinem Büro gesehen habe, ist es schwer, sich ihre Beine nicht an einer Stange vorzustellen.

Ich habe alles in meiner Macht Stehende getan, um sie heute Abend nicht tanzen zu sehen, und mich praktisch in meinem Büro eingeschlossen.

Vielleicht sollte ich sie feuern. Wenn sie nicht im Club arbeitet, ist sie wenigstens keine Ablenkung. Ich kneife mir in die Nase. Ich kann sie nicht feuern, weil sie heiß ist. Sie ist eine Tänzerin, verdammt noch mal! Sie muss einfach hinreißend sein.

Savannah stolziert zurück zum Tisch, ihre Handtasche hängt an der Seite. Ihre Fingernägel sind dunkelrot lackiert. Ich schwöre, die Farbe heißt „Sinful Seduction" (Sündige Verführung) oder ein anderer Name, der Savannah genauso spannend beschreibt wie das satte Rot.

Sie rutscht zurück an den Tisch mir gegenüber. Die Kellnerin bringt uns beiden ein Glas Wasser. Ich würde etwas Stärkeres bevorzugen, aber ich versuche, die Kontrolle zu behalten und meinen Schwanz nicht alles machen zu lassen.

„Hast du die Toiletten in diesem Laden gesehen?", fragt Savannah.

Ich ziehe neugierig eine Augenbraue hoch und warte darauf, dass sie mir das erklärt.

„Die Kabinen sind größer als das Bad in meiner Wohnung."

Sie entlockt mir ein Lachen. „New York ist keine billige Stadt zum Leben", sage ich.

„Wem sagst du das"? murmelt sie.

„Mitbewohner?" frage ich. Ich kann mir nicht vorstellen, dass sie eine eigene Wohnung hat, obwohl ich das hoffe, denn wenn sie mich jemals mit nach Hause nehmen sollte, würde ich es hassen, jemandem zu begegnen, der mit ihr zusammenlebt.

„Nur ich." Savannah schüttelt den Kopf. „Ich habe früher über einer Bar gewohnt, was das Schlafen vor zwei Uhr morgens erschwerte."

„Und deshalb hast du dich entschieden, zu tanzen?" Ich bezweifle, dass das der Grund ist. Sie kommt mir nicht wie ein Mädchen vor, das früh ins Bett geht, aber ich könnte mich auch irren.

„Nein." Sie lächelt, fährt sich mit der Hand durch die Haare und zwirbelt wieder eine Strähne. „Ich hatte kein Geld, um eine Barkeeperschule zu besuchen, außerdem habe ich versucht, zu kellnern. Ich bin ungeschickt und die Trinkgelder sind furchtbar, wenn du jedem das Essen und die Getränke auf den Schoß kippst."

Ich halte mir mit der Hand den Mund zu, damit das Lachen in meinem Bauch nicht herauskommt. „Tut mir leid", entschuldige ich mich, weil ich so breit grinse, und sie stöhnt gequält auf. „Ich bin froh, dass Nikita mich nicht dazu überredet hat, dich als Kellnerin einzustellen."

„Nikita?"

„Er ist der Manager des Clubs Sage. Du hast ihn bei deinem Vorstellungsgespräch kennengelernt", sage ich und erinnere sie an unsere kleine Unterbrechung.

„Richtig." Sie nickt und hält inne, als sie sich an ihn erinnert. „Ich habe ihn heute Abend nicht im Club gesehen."

„Er hatte heute Abend etwas vor, aber normalerweise arbeitet er in der Abendschicht. Ich arbeite immer bis zum Feierabend." Jetzt, wo Nikita ein Familienvater ist, hat er weniger Lust, bis zwei Uhr nachts zu arbeiten. Ich kann es ihm nicht verdenken. Lucy ist ganz bezaubernd. Kein Wunder, dass er am liebsten zu ihr ins Bett kriechen würde, bevor die Sonne aufgeht.

„Das ist gut zu wissen." Savannah verzieht das Gesicht zu einem Grinsen. „Ich hoffe, ich war während des Vorstellungsgesprächs nicht zu dreist, weil ich auf deinem Schreibtisch getanzt habe ." Sie lacht und bedeckt ihr Gesicht mit der Hand. Die Situation ist ihr peinlich.

„Das hast du toll gemacht. Ich habe dich deswegen auf der Stelle eingestellt", sage ich. Allein der Gedanke an ihre Bewegungen, ihren Körper und wie sie mich angestarrt hat, lässt meinen Puls pochen und wühlt mich innerlich auf.

Ich greife nach meinem Glas Wasser, mein Mund ist wie ausgedörrt. Das Mädchen macht mich heiß, auch wenn sie nicht versucht, mich anzumachen.

Sie hat ihren Blick auf mich gerichtet. „Okay, gut. Normalerweise tanze ich bei

Vorstellungsgesprächen   nicht   auf   dem
Schreibtisch."

Ich verschlucke mich an meinem Wasser, huste und
greife nach meiner Serviette. „Das hoffe ich nicht,
vor allem, wenn du dich als Kellnerin bewirbst. Hast
du vor, dir einen zweiten Job zu suchen?" Ich
möchte nicht daran denken, dass sie vielleicht
woanders als im Club arbeiten könnte.

Savannah schließt den Mund, und lächelt mit
geschlossenen Lippen. Sie schüttelt den Kopf. „Ich
habe heute Abend so viel verdient wie schon lange
nicht mehr. Solange die Mädels mich nicht
umbringen, weil ich ihnen ein paar ihrer
Stammgäste gestohlen habe, ist alles in Ordnung."

„Ich kann mit Bailey und den anderen Mädchen
reden", sage ich. Wenn ihr jemand das Leben schwer
macht, dann ist es Bailey. Das Mädchen hat eine
große Klappe, aber ich bezweifle, dass sie in einem
echten Kampf zuschlagen würde.

„Bitte tu das nicht. Ich möchte keines der Mädchen
verärgern. Ich will, dass sie sehen, dass ich keine
Bedrohung bin, und wenn der Boss eine
Sonderbehandlung zeigt, wird mir das nicht helfen."

Sie hat recht. Ich atme tief aus und nicke. „Na gut."

Die Kellnerin bringt frische Brötchen und mehrere Teller.

„Alles riecht wunderbar", sagt sie.

„Und es schmeckt noch besser."

———————

Nach einem verspäteten Abendessen, wenn man es überhaupt so nennen kann, kümmere ich mich um die Rechnung und begleite Savannah zu meinem Auto. „Wie lautet deine Adresse?"

„Du kannst mich am Bahnhof absetzen", sagt sie.

„Nein, ich fahre dich nach Hause." Ich lasse sie nicht allein um vier Uhr morgens durch die Straßen laufen. Das ist gefährlich, besonders für ein hübsches Mädchen.

„Du musst doch nicht—"

„Adresse." Ich bin kurz und knapp und warte auf ihre Antwort.

Sie gibt mir die Adresse ihrer Wohnung, und ich tippe sie auf den Display meines Handys ein, um danach die Daten in das GPS einzugeben. Ich kenne die Stadt ziemlich gut, aber es ist das Beste, wenn ich sicher gehe, dass ich das Gebäude nicht verpasse.

„Danke." Sie schlüpft auf den Beifahrersitz, schnallt sich an und schaut aus dem Fenster. Ich hätte erwartet, dass sie müde ist, aber sie ist genauso wach wie ich.

Die Fahrt ist ruhig. Ich frage mich fast, ob uns der Gesprächsstoff ausgegangen ist, aber dann unterbricht sie die Stille.

„Du bist der erste Chef, den ich je hatte, der nett zu mir war", sagt Savannah. Ihre Stimme ist kaum mehr als ein Flüstern, aber sie will, dass ich sie höre.

Ich schaue sie an, als ich in der Nähe ihrer Wohnung anhalte und draußen parke. „Sag den anderen Mädchen nicht, dass ich ein netter Kerl bin. Das würde meinen Ruf ruinieren", scherze ich.

Sie lächelt und schnallt sich ab, während ich den Wagen einparke. „Willst du noch auf einen Schlummertrunk hereinkommen?"

Ich bezweifle, dass sie nach Drinks fragt, aber wenn ich diese Grenze einmal überschritten habe, kann ich nicht einfach so tun, als ob es nicht passiert wäre.

Das ist eine schlechte Idee. Mit einer der Tänzerinnen zu schlafen, ist das Schlimmste. Aber sie hat mich nur auf einen Drink eingeladen. Sie hat mich nicht in ihr Schlafzimmer gebeten oder aufgefordert mich auszuziehen.

Ich stelle den Motor ab und steige aus. Wenigstens sollte ich dafür sorgen, dass sie ohne Probleme in ihre Wohnung kommt. Es ist schon spät. Ein paar Männer laufen durch die Straßen, aber ich habe keinen vor ihrer Tür gesehen. Trotzdem könnte einer in den Gängen sein und darauf warten, ein hübsches junges Mädchen wie Savannah anzugreifen.

Ich muss sie zu ihrer Tür bringen.

Ich antworte nicht auf ihre Frage, sondern folge ihr ins Gebäude und die Treppe hinauf in den fünften Stock. Es ist gut, dass ich in Form bin, sonst wäre ich außer Atem. Savannah ist leichtfüßig, aber ich kann hören, wie sie auf der letzten Treppe Atem holt.

„Ganz schön anstrengend, was?", fragt sie mit leiser Stimme, aber sie hallt im Treppenhaus wider. Sie öffnet die Tür zum fünften Stock und ich folge ihr, während ich mich in dem langen, dunklen Flur vergewissere, dass sich niemand herumtreibt.

Savannah nimmt ihren Hausschlüssel in die Hand und fummelt daran herum, bevor sie ihn ins Schloss schiebt.

Ich bleibe eine Sekunde länger als nötig vor ihrer Tür stehen.

Sie wirft einen Blick über ihre Schulter, vielleicht spürt sie mein Zögern. „Willst du etwas trinken?"

Wortlos trete ich ein, schließe die Tür hinter mir und verriegele sie. Ich sollte keinen Drink wollen. Ich sollte mich in ihrer Gegenwart nicht betrinken, aber ich möchte ihr einfach nur die Kleider vom Leib reißen und meinen Schwanz tief in ihrer Wärme vergraben.

„Ein Drink wäre gut. Ich nehme das, was du trinkst", sage ich.

Nur einen Drink.

Dann gehe ich nach Hause, zurück auf das Gelände, wo meine Geheimnisse gut verschlossen bleiben.

Savannah verschwindet in der Küche und ich fahre aus meiner Jacke und lasse sie auf dem Esszimmerstuhl liegen. Ich lockere meine Krawatte. Ich will es mir nicht gemütlich machen, aber ich bin auch bereit, mich zu entspannen, und vielleicht ist ein Drink genau das Richtige.

Sie kommt mit zwei Schnapsgläsern und einer Flasche Rum zurück ins Wohnzimmer. „Tut mir leid, das ist wahrscheinlich ein wenig zu mädchenhaft für deinen Geschmack, aber mehr habe ich nicht im Schrank." Sie setzt sich auf den Boden und stellt die Schnapsgläser auf den Couchtisch.

Ich folge ihrem Beispiel und setze mich neben sie auf den Teppich. Er ist plüschig und fühlt sich ziemlich neu an. „Er ist gut", sage ich und lese das Etikett auf der Flasche. „*Passionsfrucht-Rum*. Sehr mädchenhaft."

Sie nimmt die Flasche in Beschlag und hält sie mit einer Hand an ihre Brust. „Möchtest du lieber Wasser?"

„Nein, schenk mir einen Shot ein." Ich will mich nicht beschweren, sondern nur die Tatsachen feststellen.

Sie lächelt und reicht mir die Flasche. Ich schenke uns beiden einen Schnaps ein und stelle die Rumflasche auf den Tisch. Ich mache mir nicht die Mühe, den Deckel wieder aufzuschrauben. Sie hat mich nicht auf einen Drink eingeladen, oder?

DREI

SAVANNAH

Ich bin erst seit einer Woche in der Wohnung und bereite mich auf den Untercover-Einsatz vor. Hoffentlich sieht die Wohnung bewohnt aus, damit Anton keinen Verdacht schöpft. Der Vermieter hat uns eine renovierte Wohnung mit frischer Farbe und neuem Teppich zur Verfügung gestellt. Der Geruch kitzelt immer noch in meiner Nase, wenn ich durch die Eingangstür trete.

Aber Anton hat es nicht erwähnt; vielleicht ist er nicht so empfindlich gegenüber den chemischen Gerüchen.

Ich nehme das Schnapsglas und hebe es hoch. „Auf neue Möglichkeiten", sage ich.

Anton hebt sein Glas und stößt mit einem Nicken mit meinem an, bevor wir beide den Shot hinunterschlucken.

Anders als bei Madisyns Undercover-Einsatz bei der Bratva gibt es in meiner Wohnung keine Kameras oder Videoüberwachung. Soweit ich weiß, gibt es auch keine Audio-Wanzen. Die Wohnung ist makellos, ich habe darauf bestanden, dass sie so sein muss.

Mein Chef drückt ein Auge zu, wenn ich mit Anton schlafe, um sein Vertrauen zu gewinnen, ich möchte nicht, dass es aufgezeichnet wird und im Büro jemand mitbekommt.

Ich bin zwar ein wenig wild, aber so pervers bin ich nicht. Sexvideos finde ich gut, aber ich will nicht, dass die Videos im Büro herumgezeigt werden, damit sie als Beweise für die Zerschlagung der Bratva dienen. Nein, danke.

Ich streife absichtlich Antons linke Hand, als ich nach der Rumflasche greife und eine weitere Runde einschenke. „Keine Frau oder Freundin zu Hause?", frage ich und werfe einen Blick auf seine nackte Hand.

Er schenkt mir ein verschmitztes Lächeln. „Ich habe meine Arbeit immer an erste Stelle gesetzt. Das kommt bei vielen Leuten nicht so gut an." Er kippt den Shot hinunter und ich schenke ihm noch einen ein, bevor ich meinen Zweiten nehme.

Ich rücke um den Tisch herum, ohne mich an seiner Bemerkung zu stören, und er nimmt das dritte Glas Rum wie ein Profi.

„Ich bin nicht wie die meisten Mädchen", sage ich und starre ihn dabei an.

Anton räuspert sich und fährt mit einer Hand durch seine Haare. Seine Augen verengen sich und ich kann sein Zögern spüren. Für einen Bösewicht scheint er gar nicht so schlimm zu sein. Er hat sich mir nicht aufgedrängt. Verdammt, er hat nicht einmal versucht, mich zu küssen. Ich dachte, als ich ihn zu mir nach Hause eingeladen habe, hätte er den Köder geschluckt und würde den ersten Schritt machen.

Ich packe ihn an seiner Krawatte und ziehe ihn näher und fester an mich heran. Mit heiserer

Stimme flüstere ich: „Ich kann nicht aufhören, daran zu denken, wie wir uns das erste Mal getroffen haben und ich auf deinem Schreibtisch getanzt habe."

Das ist erst ein paar Stunden her, aber ich wollte, dass er weiß, dass er ein tiefes Verlangen in mir geweckt hat. Ich klettere auf seinen Schoß und reize ihn.

Anton stößt einen gehauchten Seufzer aus, und bevor er etwas dagegen sagen kann, drücke ich meine Lippen fest auf seine. Meine Finger verheddern sich in seinen dicken, dunklen Locken. Er schmeckt nach Rum und Gewürzen. Sein maskuliner Duft kitzelt meine Nase und rührt mein Inneres.

Bei Anton muss ich mich nicht verstellen, um mich zu ihm hingezogen zu fühlen. Es ist echt, auch wenn mein Leben und das, was ich behaupte zu sein, eine Lüge ist.

Er nimmt die Geste als Ansporn und seine Küsse sind stark und eindringlich, unerbittlich. Er knabbert an meiner Unterlippe, zerrt sie zwischen die Zähne und ich schwöre, dass er mich anknurrt.

Es ist räuberisch.

Sexuell.

Und die Geräusche, die der Mann von sich gibt, machen mich fast fertig. Scheiße, eigentlich sollte ich die Kontrolle haben.

Aber irgendwie übernimmt er die Führung und hebt mich in seine Arme. Meine Beine schlingen sich um seine Taille. Unsere Münder scheinen praktisch miteinander verschmolzen zu sein, unfähig, sich lange genug voneinander zu lösen, um zu atmen.

Er muss mir vertrauen, sich in mich verlieben und mich in seinen inneren Kreis aufnehmen, und Sex ist der einfachste Weg, sein Vertrauen zu gewinnen.

Er stolpert in Richtung Schlafzimmer. Wenn man bedenkt, dass die Wohnung klein ist und er mich zwischen der Schlafzimmertür einklemmt, während ich mit dem Rücken an das Holz gepresst bin, ist es nicht schwer, die Tür zu finden.

„Mach auf." Sein Wort ist ein Befehl. Meine Hände greifen nach dem Türgriff, bevor ich mich wieder an ihn klammere und ihm das Hemd über den Kopf ziehe, aber es bleibt hängen. „Knöpfe", murmelt er und wenn ich versucht habe, ihn zu verwirren, ist mir das verdammt gut gelungen, denn er grummelt leise vor sich hin.

Ich gleite an seinem Körper herunter und lande mit den Füßen auf dem Boden. Ich stehe mit dem Rücken zur Matratze, aber ich spüre sie an meinen Beinen, und ich könnte mich hinlegen. Aber das tue ich nicht, noch nicht.

Stattdessen greife ich nach Anton und helfe ihm mit den Knöpfen, als er das Hemd von seiner Brust reißt und es quer durch den Raum wirft.

„Zieh dich aus und leg dich aufs Bett", knurrt er mich an. Ich atme scharf ein, verschränke die Arme und ziehe mir das Sweatshirt über den Kopf. Darunter trage ich nicht einmal einen BH. „Die Hose auch", befiehlt er.

Ich knöpfe meine Jeans auf, öffne den Reißverschluss und lasse sie langsam über meine Hüften gleiten. Ich lasse mein Höschen an und krabble auf die Matratze, während er sich an mich heranpirscht, als ob ich seine Beute wäre.

Er ist nicht im Geringsten sanft oder langsam, während er meine Lippen verschlingt. Anton ist rau, aber er ist perfekt, wenn er meine Taille spreizt und meine Arme gegen die Matratze drückt.

„Ich wollte dich schon schmecken, als du in mein Büro kamst", raunt er und mein Herz schlägt schneller, als er es zugibt.

Ich hatte das Verlangen hinter seinem finsteren Blick gesehen, genau wie jetzt, wo seine Aufmerksamkeit ganz auf mich gerichtet ist.

„Dreh dich um", flüstert er mir ins Ohr und ich frage mich, was er vorhat.

Als ich seinem Befehl nicht schnell genug folge, löst er seinen Griff um meine Arme und ich atme scharf ein, weil ich befürchte, dass er weggehen wird.

Aber das tut er nicht. Stattdessen streicheln seine Hände meine Hüften, drehen mich herum und er drückt meinen Hintern in die Luft. „Ich will, dass du auf allen Vieren gehst", flüstert er und streichelt meinen Hintern, während seine Hand auf dem Spitzenhöschen verweilt, das ich nur für ihn trage.

Ich höre, wie er seine Kleidung auf den Boden wirft, Boxershorts und alles andere. Ich werfe einen Blick über die Schulter, weil ich ihn nackt sehen will. Er ist nicht nur ein Auftrag. Vielleicht ist das alles, was er sein sollte - er ist Bratva, und ich bin ein Bundesagent. Aber ich hatte seit vielen Monaten keinen Sex mehr, und Anton ist mehr als nur ein Mann mit einem Puls. Obwohl, wenn ich ehrlich bin, hilft das auch.

Er ist heiß und das macht mich noch begieriger, es mit ihm zu tun.

„Wirst du mich ficken?", frage ich. Ich bin bereits atemlos und kribbelig. Mein Inneres pocht und pulsiert.

„Das würde dir gefallen, *Kätzchen*, nicht wahr?", grinst er.

Ich würde es tun, aber er lässt sich verdammt viel Zeit. Er bückt sich, um seinen Anzug aufzuheben und seine Hose zu falten. Beabsichtigt er mich umbringen? Vielleicht weiß er, dass ich ein FBI-Agent bin und das ist nur ein Spiel für ihn.

Ich drehe mich um und setze mich auf meinen Hintern, denn er ist noch nicht wieder zurück auf dem Bett, als ich seine Hand auf meinem Hintern spüre.

„Aua!" Ich schreie auf und meine Augen weiten sich vor Entsetzen. „Was zum Teufel sollte das denn?"

Hat er mir gerade ernsthaft den Hintern versohlt? Einer erwachsene Frau.

Er bringt mich wieder in die Position, in der er mich haben will, auf alle vieren. Sein Körper berührt meinen von hinten. Ich werfe einen Blick über meine Schulter auf seinen dicken Schwanz und keuche bei seinem Anblick. Mein Mund ist trocken und ich habe das Bedürfnis, mir über die Lippen zu lecken. Schon jetzt schmerzt mein Inneres und es wird noch viel mehr wehtun als nur ein kleines Zwicken.

Er ist groß.

Riesig.

Und ich will seinen Schwanz tief in mir fühlen, aber ich habe auch Angst. Er ist ein Mann, mit dem man sich nicht anlegen sollte, ein Mitglied der Bratva, der für seine Brüder töten würde, und wenn er herausfindet, dass ich ihn verraten habe, werde ich sein nächstes Ziel sein.

Er darf es nie herausfinden.

Na ja, vielleicht ist „nie" ein wenig übertrieben. Ich muss alle Beweise, die ich finde, mitnehmen und meinem Vorgesetzten vorlegen. Aber verdammt, mein Blick ist auf Antons Schwanz gerichtet und er zuckt, als er die Folienverpackung mit den Zähnen zerreißt.

Ich schließe meine Augen und genieße die Wärme seiner Berührung und die Erregung, die in meinem ganzen Körper kribbelt.

Seine Finger sind warm und einladend, als er meine Falten trennt und seinen Schwanz in mich einführt.

Ich keuche und umklammere das Bettlaken mit meinen Händen und lasse den Kopf hängen. Der Schmerz ist fast unerträglich, aber er ist gut. Fesselnd und unnachgiebig ergreift er meine Hüften und stößt in meine Enge. Er dehnt mich, um sich seiner Größe anzupassen. Mein Gehirn ist vernebelt, und mein Verstand weg, während mein Körper die Kontrolle übernimmt lasse ich ihn seinen Weg mit mir gehen.

Anton knurrt und ist kein bisschen leise oder still. Ich liebe die Geräusche, die aus seiner Kehle und seinem Mund kommen, und das Keuchen, das er von sich gibt, wenn ich mich bei jedem Stoß an seinen Schwanz klammere.

„Frau, du wirst mich umbringen", flüstert er.

Und ich zucke mit einem bösen Grinsen. „Gut", schieße ich zurück und werfe einen Blick über meine Schulter.

Seine Augen sind schwer und dunkel. Er kämpft darum, den Moment festzuhalten und zu überstehen. Da ist er nicht der Einzige. Ich muss sein Vertrauen und seine Zuversicht gewinnen. Ich kann das hier nicht zu einem One-Night-Stand machen, bei dem ich nichts weiter bin als ein Fehler, den er gemacht hat.

„Stehst du mir nahe?"

Mein Inneres pulsiert, aber ich hatte noch nie einen besonderen Orgasmus beim Sex. Ich wimmere unwillkürlich und ich schwöre, es ist, als ob der Mann meine Gedanken lesen könnte.

Eine Hand wandert von meiner Hüfte zu meinem Nachttisch und ich bin beschämt, dass ich es nicht früher bemerkt habe. Ich hatte meinen Vibrator so liegen lassen, dass er ihn sehen konnte. Das war nicht meine Absicht.

Er legt den Schalter an der Seite um und gibt mir den Vibrator in die Hand. „Du kommst, wenn ich es dir sage", befiehlt Anton.

Ich nicke und gehorche ihm eifrig, als er mir den Vibrator reicht. Das Brummen des Motors lässt meine Stimme stocken, denn ich weiß, was kommt, und ich bin schon kurz davor. Ich bin nur noch nicht ganz so weit wie er.

Ich drücke den Kopf des Vibrators gegen meine Klitoris, während Anton in mich stößt. Mein Mund öffnet sich und ich stöhne auf, während ich mich auf allen Vieren halten muss.

„Noch nicht, kleines Mädchen", flüstert er und ich wimmere aus Protest.

„Bitte", flehe ich ihn an. Mein Inneres pulsiert und das Dröhnen des Vibrators, der fest an meine geschwollene Perle gepresst wird, bringt eine Wärme mit sich, die sich in meinem Körper ausbreitet, eine fesselnde Hitze, die nicht mehr rückgängig gemacht werden kann.

Mein Inneres zieht sich zusammen und pulsiert. „Komm für mich, Baby Girl", flüstert er. Ich schwöre, es klingt eher wie ein Knurren, ein Befehl, dem ich eifrig Folge leiste.

Der Orgasmus durchfährt mich, während sich meine Zehen krümmen. Ich klammere mich an seinen Schwanz und meine Hand verkrampft sich um den Schaft des lila Vibrators.

Anton ist genau bei mir, stöhnt und sein Atem wird tiefer und intensiver, als er los lässt. Einen Moment später zieht er sich zurück, zieht das Kondom ab und geht ins Bad.

Ich schalte den Vibrator aus und lasse ihn auf dem Nachttisch liegen. Es hat keinen Sinn, ihn zu verstecken. Ich lasse mich auf die Matratze fallen und mein Herz klopft gegen meine Brust, während ich versuche, wieder zu Atem zu kommen.

Anton kommt aus dem Bad und schaut auf seine Kleidung, als würde er überlegen, ob er gehen soll.

Ich bin erschöpft und gesättigt, aber ich krabble auf allen vieren. Er kommt auf das Bett zu, seine Finger kämmen durch mein Haar und ziehen mein Kinn zu seinem hoch. Unwillkürlich schnurre ich. Ich weiß nicht, woher das Geräusch kommt. Ich schwöre, ich habe es noch nie aus meiner eigenen Kehle gemacht.

„Du gehörst mir, *Kätzchen*", knurrt er und erobert meinen Mund mit einem weiteren brennenden Kuss, bevor er mich auf den Rücken legt.

„Bleib die Nacht", flüstere ich zwischen zwei Küssen.

„Es ist fast morgen."

Die Sonne ist noch nicht aufgegangen, aber das wird sie bald. „Bleibst du zum Frühstück?" Ich gähne, schlüpfe unter die Decke und klopfe auf das Bett neben mir.

Sein Blick strafft sich. „Nur kurz."

Ich weiß nicht, was er denkt, aber er schlüpft unter die Decke und zieht mich an sich. Er ist warm und stark. Sein männlicher Duft kitzelt meine Nase, als ich mit dem Rücken zu ihm liege. Seine Arme umschließen mich, obwohl der Mann darauf besteht, nur kurz zu bleiben, habe ich den Eindruck, dass er das nicht will, wenn er sich mit seinem Körper an meinen schmiegt.

———

Nach mehreren Stunden seligen Schlummers streckt sich mein Arm nach der kalten Matratze neben mir aus.

Verdammt!

Ich seufze schwer und zwinge meine Augen, einen Blick auf die digitale Projektionsuhr zu werfen. Es ist praktisch schon Nachmittag.

Es wird Zeit, dass ich meinen Hintern aus dem Bett kriege und den Tag beginne. Ich grummele vor mich hin und setze mich im Bett auf, als ich den schwachen Duft von Kaffee rieche.

„Anton?" Ich klettere aus dem Bett, hole ein T-Shirt aus der Kommode und einen Slip und ziehe ihn an, bevor ich aus dem Schlafzimmer trete.

„Der Kaffee ist fertig", sagt Anton, als würde er hier wohnen und die Wohnung besitzen. „Soll ich dir eine Tasse einschenken?"

Ich fasse mir an die Nase. „Äh, ja, das wäre toll." Ich habe ein bisschen Kopfschmerzen, obwohl ich nicht weiß, warum. Wahrscheinlich, weil ich es nicht gewohnt bin, so spät aufzustehen. Daran werde ich mich gewöhnen müssen, wenn ich im Club arbeite.

Die Kaffeebecher an der Wand machen es ihm leicht, einen für mich zu holen. Er hat bereits eine dampfende Tasse für sich auf dem Küchentisch stehen.

Ich gehe in die Küche, öffne den Kühlschrank und greife nach einer Packung Hafermilchcreme. Nachdem er meine Tasse mit Kaffee gefüllt hat, füge ich einen Spritzer hinzu. „Danke", sage ich.

„Wie hast du geschlafen?", fragt er.

Ich hebe die Tasse und atme das Aroma ein, bevor ich einen Schluck nehme. Der Kaffee ist heiß, aber die Kaffeesahne kühlt ihn so weit ab, dass ich mir nicht die Zunge oder den Gaumen verbrenne. „Gut. Und du?"

Ich bin erleichtert, dass er noch da ist, obwohl es gut wäre, wenn er weg wäre, damit ich dem FBI berichten kann, dass meine Mission gut läuft, empfinde ich es als gut, dass er nicht weggelaufen ist.

„Ich habe ein paar Stunden Schlaf bekommen." Er führt den Becher an seine Lippen und nimmt einen Schluck. Er ist bereits angezogen und ich vermute, er wäre schon gegangen, wenn ich nicht aufgestanden wäre.

„Du bist angezogen", sage ich und werfe einen Blick hinter mich in Richtung Badezimmer. „Ich dachte, wir könnten heute Morgen vielleicht zusammen duschen.

„Das würde ich gerne, *Kätzchen*, aber ich muss mich in einer Stunde mit meinem Chef treffen."

„Eine schnelle Dusche?"

„Bei dir geht nichts schnell", knurrt er und kommt näher. Er stellt seinen Becher auf den Tresen und schlingt seine Arme um meine Taille, um mich fest an sich zu ziehen. Er knabbert an meiner Unterlippe, eine Hand streicht durch mein Haar und die andere bleibt auf meiner Hüfte liegen.

Antons Handy surrt in seiner Tasche. „Tut mir leid", entschuldigt er sich, löst seinen festen Griff und geht ins Wohnzimmer, um den Anruf entgegenzunehmen. Es gibt nicht viel Privatsphäre, aber er hält mich davon ab, zu hören, was am anderen Ende des Anrufs gesagt wird.

„Hey, Nikita, was gibt's?"

Ich nippe an meinem Kaffee und tue so, als ob es mich nicht interessiert, und höre mir eine Seite des Gesprächs an.

„Hast du sonst niemanden, der es machen kann?" Anton stößt einen schweren Seufzer aus.

Durch die Raumaufteilung ist die Küche zum Wohnzimmer hin offen, obwohl er versucht, etwas Privatsphäre zu haben, zeigt sein Verhalten, dass er gestresst ist.

„Schick mir die Adresse." Anton fährt sich mit der Hand durch die Haare und seufzt schwer, als er den Anruf beendet.

„Ich muss los", sagt er und kommt zurück in die Küche.

„Ist alles in Ordnung?"

„Nur die Arbeit", sagt er, ohne darauf hinzuweisen, was los ist. Er schiebt sein Handy zurück in die Innentasche seines Anzugs. „Wir müssen das geheim halten, wenn du willst, dass es so weitergeht."

„Ja", sage ich mit einem starken Nicken und einem eifrigen Lächeln. „Das ist wahrscheinlich das Beste. Ich will nicht, dass die anderen Mädchen eifersüchtig werden oder denken, dass ich deshalb den Job bekommen habe."

Anton beugt sich vor und drückt seine Lippen auf meine, bevor er zur Tür hinausgeht. „Ich sehe dich heute Abend im Club."

Ich hatte keine Zeit, einen Peilsender an seinem Fahrzeug anzubringen und eine Wanze im Inneren zu platzieren. Und ich kann es nicht tun, während wir im Club sind. Draußen gibt es zu viel Überwachung und mögliche Zeugen, die für die Bratva arbeiten. Ich werde es heute Abend nach der Arbeit noch einmal versuchen müssen. Hoffentlich kann ich noch eine Nacht mit ihm verbringen und die Geräte unbemerkt platzieren.

VIER

ANTON

Ich kann nicht glauben, dass Nikita will, dass ich sein Kind, Zion, von der Schule abhole. Eigentlich ist es Lucys Sohn, aber sie sind verheiratet und er behandelt das Kind, als wäre es sein eigenes Fleisch und Blut. Ich denke nicht, dass das schlecht ist, aber seinen Angestellten zu bitten, das Kind von der Grundschule abzuholen, ist nicht gerade normal.

Aber wann ist etwas, was wir tun, normal?

Ich hasse es, Savannah zu verlassen, ohne wenigstens darüber zusprechen, was gestern Abend passiert ist. Sie hat mich überrumpelt und ich schwöre, ich hatte nicht vor, sie zu ficken.

Aber ich bin froh, dass ich es getan habe.

Nikita würde ausrasten, wenn er das herausfindet, und Mikhails Reaktion will ich gar nicht erst sehen. Ich würde wahrscheinlich einen Verweis bekommen und Savannah würde gefeuert werden.

Ich kann nicht zulassen, dass ihr das passiert. Sie hat es nicht verdient, ihren Job zu verlieren, weil ich nicht aufhören kann, an sie zu denken wenn sie nackt ist. Und jetzt, nachdem ich sie nackt gesehen habe, möchte ein Teil von mir sie nicht mehr auf die Bühne lassen, wo andere Männer sie beim Tanzen begaffen können.

Aber das ist ihr Job, und ich war nie besonders eifersüchtig. Natürlich habe ich bis letzte Nacht auch mit keiner Tänzerin oder Angestellten geschlafen. Nun, eigentlich erst heute Morgen.

Ich gehe zum Fahrzeug und steige in den Geländewagen. Der Wagen gehört mir nicht. Er gehört der Bratva, zusammen mit etwa einem Dutzend anderer Autos, die wir benützen dürfen.

Ich ziehe mein Handy heraus, öffne die letzte SMS von Nikita und klicke auf die Adresse, um das GPS auf meinem Handy zu öffnen. Ich kenne mich in der

Stadt aus, aber ich achte nicht besonders darauf, auf welche Schule das Kind geht und wo sie sich befindet. Bis jetzt ging mich das nichts an.

Ich kann nicht glauben, dass ich für ihn Besorgungen machen muss, aber zu seiner Verteidigung muss ich sagen, dass seine Frau Lucy zu Hause die Treppe hinunter gestolpert ist und ihr rechter Fuß im Krankenhaus untersucht werden muss. Das Mädchen ist ungeschickt .

Nikita würde nie Hand an sie legen; solange sie auf dem Gelände ist, ist sie sicher. Mein Telefon hätte aufgeleuchtet, wenn etwas passiert wäre, etwa ein Einbruch. Zweifellos hätte sich einer der Mitarbeiter gemeldet, um mich vor dem Angriff zu warnen.

Ich fahre an der Grundschule vorbei, parke den Wagen in der Schlange, steige aus und stelle mich neben den SUV. Ich schwöre, dass alle Kinder mit ihren Rucksäcken über den Schultern schon von Weitem gleich aussehen. Es hilft auch nicht, dass die Kinder alle die gleiche Schuluniform tragen.

Seit wann zahlt Nikita die Kosten für eine Privatschule?

Es geht mich zwar nichts an, aber Zion von der Schule abzuholen auch nicht, ich bin hier, um Besorgungen für meinen Chef zu machen. Ich werfe einen Blick auf meine Uhr, und der Junge hüpft zu mir herüber. „Hallo, Onkel Anton."

Eigentlich bin ich nicht der Onkel des Jungen, aber er hat gelernt uns so, in der Öffentlichkeit anzusprechen. „Bist du bereit zu gehen?", frage ich.

Seine Lehrerin, eine kleine ältere Frau mit grauem Haar, eilt hinter ihm her. Zumindest nehme ich an, dass es seine Lehrerin ist. Vielleicht ist sie auch die Direktorin? „Herr Petrova", ruft sie mir zu, während sie sich mir nähert.

„Ja."

„Sie müssen Zion abmelden, bevor Sie ihn nach Hause bringen. Können Sie sich ausweisen?"

Mein Kiefer krampft sich zusammen, aber es ist ja nicht so, dass mein Ausweis ein Geheimnis wäre. „Klar", sage ich und ziehe meine Brieftasche aus der Gesäßtasche, öffne sie und zeige meinen Führerschein. Ich mache mir nicht die Mühe, ihn aus der Plastikhülle zu nehmen. Die Frau kann doch durch ein durchsichtiges Stück Plastik lesen, oder?

„Danke. Wenn sie können, unterschreiben sie das hier", sagt sie und schiebt mir das Klemmbrett an die Brust.

Ich kritzle meinen Namen auf das Blatt Papier, bevor sie sich beeilt, die nächsten Erziehungsberechtigten anzusprechen. Ich öffne die Hintertür und nicke Zion zu, damit er einsteigen kann. Als er sich nicht rührt, hebe ich neugierig eine Augenbraue. „Steig ein."

„Es gibt keine Sitzerhöhung", sagt er. „Mama sagt, ich darf nicht ohne sie ins Auto."

„Nun, Junge, deine Mutter ist nicht hier."

Zions Unterlippe schmollt. Fängt er gleich an zu weinen? Denn ich kann nicht mit einem weinenden Siebenjährigen umgehen. An manchen Tagen kann ich mich kaum um mich selbst kümmern.

„Wie wäre es, wenn wir auf dem Heimweg ein Eis essen gehen?" schlage ich vor und versuche, einen Grund zu finden, um das Kind vom Schreien abzuhalten. Wenn er einen Nervenzusammenbruch hat, weiß ich nicht, wie ich damit umgehen soll. Es ist zwar verlockend, das Kind hochzuheben und auf den Rücksitz zu werfen, aber das würde zu viel

Aufmerksamkeit erregen. Das Kind wird nicht still sein.

Zion stößt einen schweren Seufzer aus, gibt nach und klettert auf den Rücksitz. „Gut." Er lässt seine Schultasche neben seinen Füßen auf den Boden fallen.

Ich schwöre, er hat die Einstellung seiner Mutter, nicht dass ich so viel mit Lucy gearbeitet hätte. Sie tanzte eines Abends im Club und Nikita machte klar, dass das nie wieder passieren würde. Schade, sie war eine süße Tänzerin. Sie war zwar bei Weitem nicht so sexy wie Savannah, aber sie hatte ein paar scharfe Moves drauf. Sie kellnert an ein paar Abenden in der Woche, wenn wir eine zusätzliche Kraft benötigen.

Nachdem Zion auf dem mittleren Sitz Platz genommen und sich angeschnallt hat, schlage ich die Tür zu und eile zur Fahrerseite.

„Mama wird dich umbringen", sagt Zion, während er den Kopf zurücklegt und an die Decke starrt.

Was zum Teufel ist da oben so interessant?

„Warum denn?" Ich weiß nicht, warum ich das überhaupt frage, aber ich tue es.

Er kreuzt jeden Punkt auf seinen Fingern an. „Kein Kindersitz und dass du mir nach der Schule ein Eis gibst. Du bist dermaßen von tot", sagt Zion kichernd.

„Das sind nur zwei Gründe."

„Willst du noch mehr?"

Meine Güte, ist der Junge schnippisch. „Wir können das Eis auslassen und direkt nach Hause gehen. Ich wette, du hast Hausaufgaben." Ich werfe einen Blick in den Rückspiegel und sehe ihn an. Ich schwöre, der Junge ist sieben und geht auf siebzehn zu. Ich weiß nicht, wie Nikita und Lucy mit ihm umgehen. Das nächste Mal sollte Nikita Madisyn, Hannah oder jemand anderen bitten das Kind, nach der Schule abzuholen. Auch wenn ihre Kinder zu jung für die Grundschule sind, wissen sie wenigstens, wie man mit Kindern umgeht.

Zions Augen weiten sich und er wirft einen langen Seitenblick aus dem Fenster. Das scheint ihn zum Schweigen zu bringen.

Ich bin mit meiner Weisheit am Ende.

Ich hätte letzte Nacht mit Savannah mehr Schlaf bekommen sollen. Nicht, dass ich es bereue, mit ihr nach Hause gegangen zu sein und die Nacht mit ihr verbracht zu haben. Ihr beim Schlafen zuzusehen, war der Höhepunkt des Morgens, seit ich aufgewacht bin.

„Eiscreme?", scherzt Zion. Diesmal ist der Junge etwas ruhiger. Als hätte er gemerkt, dass er meine Geduld strapaziert hat und ich kurz davor bin, in die Luft zu gehen. Das passiert ihm wahrscheinlich öfter.

„Ja, ich hole dir eine Kugel." Ich bin mir nicht sicher, ob der Junge das verdient, aber ich habe ihm ein Versprechen gegeben, als ich ihn überredet habe, auf den Rücksitz zu steigen. Ich bin kein Mann, der sein Wort bricht, egal wie klein oder unbedeutend es auch erscheinen mag.

———

Direkt vor der Eisdiele gibt es keine Parkplätze. Wir parken einige Blocks entfernt. Kurz bevor wir die Straße an der Ampel überqueren, ergreift das Kind meine Hand. In der Stadt herrscht reger Berufsverkehr, obwohl ich es nicht gewohnt bin, eine so kleine Hand zu halten, bin ich praktisch tot, wenn ich das Kind verliere.

Als wir den letzten Block in Richtung Eisdiele gehen, schwöre ich, dass ich ihr langes blondes Haar gesehen habe.

Savannah? Ich blinzle etwas. Ich bezweifle, dass sie es ist. Verfolgt sie mich, aber sie scheint mich nicht zu bemerken, als sie in ein nahe gelegenes Café eilt.

„Ich muss erst noch etwas erledigen ", sage ich.

„Aber Eiscreme", jammert der Siebenjährige.

„Das werden wir, Kind. Gib mir nur eine Minute." Ich bewege Zion praktisch dazu, mit mir über die Straße zu eilen, währenddessen wir das Café betreten. Ich bin nicht unauffällig, aber ich versuche es auch gar nicht erst zu sein. Ich könnte mir einen Kaffee bestellen.

Zion murrt, gibt aber nach, als ich ihn in das Innere des kleinen Cafés führe. Die meisten Leute sitzen an ein paar Tischen und Stühlen, tippen auf ihren Laptops und trinken ihren überteuerten Kaffee.

Er lässt meine Hand los und hält es nicht mehr für nötig, sich an mich zu klammern, wofür ich ihm unendlich dankbar bin. Ich bin es nicht gewohnt, mit Kindern zusammen zu sein. Da ich ein

Einzelkind bin, musste ich nie auf jüngere Geschwister aufpassen.

„Ich will Eiscreme", jammert Zion.

„Das wird unser nächster Halt sein", sage ich. Von Savannah ist keine Spur zu sehen, was seltsam ist, wenn man bedenkt, dass sie in das Café spaziert ist. Nun, eine blonde Frau mit ihrer Größe und Statur war es. Ich hätte schwören können, dass sie es war.

Aber es gibt keine Spur von ihr oder jemandem, auf den ihre Beschreibung passt. Vielleicht arbeitete die Blondine hier und ist nach hinten gegangen, um sich fertig zu machen? Ich gehe an den Tresen und bestelle einen kleinen Kaffee, schwarz. Ich verlange nichts Ausgefallenes.

Zion steht neben mir und studiert die Muffins und Scones, ein brötchenartiges Gebäck, in der Auslage. „Kann ich einen haben?", fragt er und zeigt auf die süße Leckerei.

„Das kommt darauf an. Willst du lieber das oder ein Eis?"

„Eiscreme", sagt er mit seiner süßen, unschuldigen, hochtonigen Stimme. Er grinst, als wüsste er, dass er so kurz vor dem Abendessen nichts von beidem essen darf, aber er kommt damit durch, die Regeln zu brechen.

Ja, ich bin der Regelbrecher.

Wenn ich es mit dem Kind versaue, wird Nikita mich nicht mehr bitten, den Babysitterdienst zu übernehmen. Nicht schlecht. Ich will nicht, dass er verletzt wird. Aber vielleicht wird er durch zu viel Zucker an der Decke hoch gehen , wenn wir zurück auf dem Gelände sind.

Ich gehe davon aus, dass Nikita und Lucy schon zu Hause sind, wenn wir ankommen.

Das sollten sie auch sein. Ich habe mich für den Babysitterdienst nicht gemeldet. Ich muss zurück in den Club, um die Buchhaltung zu erledigen, bevor die Gäste eintrudeln und die Tänzer sich fertig machen müssen.

Ich ziehe einen Zwanziger heraus und bezahle an der Kasse, als ich Savannahs Stimme von hinten höre.

„Verfolgst du mich?", fragt sie.

„Das Gleiche könnte ich dich auch fragen", sage ich und werfe ihr einen Blick über meine Schulter zu.

Sie presst die Lippen zusammen, ihre Augen verengen sich und sie zwingt sich zu einem Lächeln. Was zum Teufel verbirgt sie?

„Ich war auf der Toilette", sagt sie und deutet auf den dunklen Flur, in dem sich die Einzeltoilette befindet. Savannah blickt auf den Jungen neben mir hinunter. „Du hast mir nicht gesagt, dass du Vater bist."

„Er ist nicht mein Vater", scherzt Zion, bevor ich antworten kann. „Ich habe keinen Vater. Mein Vater kam von einer Bank."

Savannah zieht verwirrt die Augenbrauen zusammen, und das ist wahrscheinlich auch gut so. „Wo hast du das gehört?" Ich lache unbeholfen über Zion.

„Mami hat darüber geredet und ich habe sie belauscht. Aber ich verstehe das nicht", sagt Zion.

„Gut", murmle ich vor mich hin. „Frag deine Mutter, Junge." Ich habe keine Lust, dieses Gespräch fortzusetzen.

„Also nicht dein Sohn", sagt Savannah und schenkt mir ein Lächeln. Sie versucht herauszufinden, in welcher Beziehung Zion zu mir steht. Nun, ich lasse sie noch eine Weile darüber nachdenken. Mir macht es keinen keinen Spaß, alle meine Geheimnisse zu verraten.

Ich gehe aus dem Weg und Savannah bestellt den besten Kaffee, den man sich vorstellen kann, während ich darauf warte, dass die Barista mein Getränk fertig macht. Es dauert länger, als es sollte, da ich ihn schwarz bestellt habe. Müssen sie die verdammten Kaffeebohnen erst anbauen?

„Bestellung für Anton", sagt die Barista und reicht mir den schwarzen Kaffee. Die Papierhülle ist bereits heiß, was darauf hindeutet, dass der Kaffee dampfen wird, wenn ich einen Schluck nehme.

„Können wir jetzt ein Eis essen gehen?", jammert Zion. Der Junge verliert langsam die Geduld und ich kann es ihm nicht verdenken.

„Ja", sage ich. Ich werfe einen Blick auf Savannah und schenke ihr ein schwaches Lächeln. „Wir sehen uns heute Abend."

„Tschüss", sagt sie und winkt dem kleinen Jungen zu.

Ich gehe mit Zion zur Tür, als ein Herr im Geschäftsanzug raus geht und uns die Tür aufhält. Ich kann nicht anders, als ihn anzustarren. Wo zum

Teufel hat er gesessen? Ich habe zu allen im Café hinübergeschaut, ihn aber nicht bemerkt.

Seltsam.

————

Ich bin erleichtert, als ich Zion auf dem Gelände absetzen kann und Hannah anbietet, auf ihn aufzupassen. Er rennt ins Spielzimmer, seine Finger sind noch klebrig von seinem verschlungenen Himbeereis. Der Junge hat auch seine Schuluniform und meine Rückbank verschmutzt.

Aber ich traue mich nicht zuzugeben, dass es schön war, mit ihm durch die Stadt zu fahren. Ein paar alleinstehende Frauen haben mich angelächelt, und Savannahs Gesichtsausdruck, als sie dachte, ich sei der Vater des Kindes, war das Tüpfelchen auf dem i.

Ich mache mich direkt auf den Weg in den Club, in mein Büro, nachdem ich angekommen bin löse die Krawatte und ziehe meine Jacke aus. Die Luft ist stickig. Ich überprüfe das Thermostat und schüttle entsetzt den Kopf. Wer zum Teufel hat es eingestellt?

Die Gäste wollen sich nicht den Arsch ab schwitzen, während sie einen Lapdance bekommen. Ich stelle das Thermostat ein und hole mir eine Flasche Wasser aus dem Mini-Kühlschrank in Nikitas Büro. Er wird es nicht vermissen. Ich bezweifle, dass er heute überhaupt da sein wird, da er den Nachmittag mit Lucy im Krankenhaus verbracht hat.

„Ist das Thermostat kaputt?", fragt Dmitri. Sein Gesicht ist rot und der Schweiß steht ihm auf der Stirn. Er ist der Unterboss von Mikhail und hilft je nach Bedarf im Club, was in letzter Zeit bedeutet, dass er jede Nacht im Club Sage arbeitet.

„Ein Arschloch hat letzte Nacht die Anlage ausgeschaltet", sage ich, während ich nach hinten gehe, da man einen Schlüssel benötigt, um in den Keller zu gelangen. Unsere gesamte Geldwäsche und Buchhaltung findet unterhalb des Clubs statt, außer Sichtweite. Die Tür ist verschlossen und während der Geschäftszeiten des Clubs darf niemand nach unten gehen. Das Letzte, was wir wollen, ist, dass jemand Verdacht schöpft, was wir machen, oder sich hinunterschleicht und einen Blick hinein wirft.

Dmitri wirft seine Arme in die Luft. „Ich war es nicht, der Club war gestern Abend gemütlich. Bist du sicher, dass sie nicht kaputt ist?"

„Wir haben bei der Renovierung gerade ein neues Klimasystem eingebaut. Ich hoffe, sie ist nicht kaputt", brumme ich, greife nach meinem kalten Wasser und nehme einen Schluck.

Ich gehe in den Keller, und Dmitri folgt mir. Ich schließe die Tür auf, und er schließt sie hinter uns zu. Die Tür verriegelt sich automatisch, und wir gehen die Treppe hinunter. Schon jetzt sind ein Dutzend Mitarbeiter dabei, die Gelder von gestern zu verwalten und das Clubgeld mit unseren Geldern aus anderen illegalen Aktivitäten zu vermischen.

Dmitri und ich sorgen dafür, dass der Betrieb reibungslos läuft und unsere Mitarbeiter uns nicht bestehlen.

Die Luft im Erdgeschoss ist viel angenehmer als unter der Erde. Es ist nicht so stickig, aber wärmer als sonst. „Wer zum Teufel hat die Klimaanlage abgestellt?"

Schweigen erfüllt den Raum. Niemand gibt zu, was er getan hat, und warum sollte er auch? Wenn es um die Bratva geht, macht man keine Dummheiten, egal wie klein oder unbedeutend der Fehler auch sein mag.

Ich untersuche den Raum. Ein paar Männer weigern sich, meinen Blick zu erwidern und ducken sich aus Angst. Keiner gesteht, und ich werde auch niemandem wegen der Temperatur im Club eine Kugel in den Kopf jagen, aber wenn es Absicht war und sie versuchen, die Wiedereröffnung zu sabotieren, dann sind sie tot.

Ich kann mir keinen von Mikhails Männern vorstellen, der den Club sabotieren wollte, aber die Mafia und das Kartell würden uns gerne leiden sehen.

Dmitris Kiefer ist angespannt. Er sagt nichts und schleicht an den Männern vorbei, während sie ihre Arbeit mit dem Zählen des Geldes fortsetzen. Der Mann ist ein Muskelpaket, er hat auch als zusätzlicher Bodyguard an der Tür gearbeitet, um den Club nach unserem Einbruch vor ein paar Monaten zu schützen.

Ich nehme das Hauptbuch vom Schreibtisch und bringe es zurück in mein Büro. Ich schließe die Tür hinter mir und als ich um die Ecke biege stoße ich mit Savannah zusammen.

„Was machst du denn hier?" Die Worte kommen aus mir, bevor ich mich dafür entschuldige, dass ich sie fast umgestoßen hätte. Allerdings hatte ich nicht erwartet, dass noch jemand hier ist.

„Ich habe dich gesucht", sagt Savannah.

Ich halte das Buch fest umklammert und gehe in mein Büro. Ich kann nicht zulassen, dass Savannah eine Ablenkung ist. „Du solltest erst in einer Stunde hier sein", sage ich und schaue auf meine Uhr.

Es ist weniger als eine Stunde, bevor die Mädchen auftauchen. Mein Tag war im Eimer, als ich Zion von der Schule abholen und dann noch ein paar kurze Stopps in der Stadt einlegen musste.

„Ich hatte gehofft, mit dir reden zu können", sagt Savannah. Sie steht am Eingang zu meinem Büro, als ob sie auf eine Einladung warten würde.

Das Mädchen hat mich um den Finger gewickelt. Ich müsste ihr sagen, sie soll mich in Ruhe lassen und sich fertig machen, aber ich tue es nicht.

„Ich habe zu arbeiten", sage ich.

Sie presst ihre Lippen aufeinander und nickt schwach. „Einen süßen Neffen hast du", sagt sie und spielt damit auf die Beziehung zwischen Zion und mir an.

Er nennt mich Onkel Anton, also muss ich ihr das zugestehen. „Danke." Er ist zwar kein Blutsverwandter, aber er gehört zur Familie der Bratva, und das reicht aus.

Ich sitze hinter meinem Schreibtisch, das Hauptbuch geschlossen, aber es zu verstecken ist sinnlos. Ich lege es auf meinen Schreibtisch, meine Hand verdeckt es, obwohl es geschlossen ist und der dunkelbraune Einband nichts Ungewöhnliches verrät.

„Tut mir leid, es ist klar, dass du beschäftigt bist und ich dich störe", sagt Savannah, die endlich begriffen hat, dass ich keine Zeit habe, herumzustehen und zu plaudern.

Ich arbeite Tage und Nacht für die Bratva. Der Job geht praktisch rund um die Uhr. Ich kann nicht einfach nach einer Schicht weggehen und diesen Teil meines Lebens abschalten. „Komm rein, mach die Tür zu", sage ich. Etwas an ihr bringt mich dazu, dass ich sie nicht wegstoßen kann. Vielleicht liegt es daran, dass ich seit Ewigkeiten keine Beziehung mehr hatte.

Normalerweise schreckt jedes Mädchen zurück, wenn es hört, dass ich im Club Sage arbeite und jeden Tag mit Stripperinnen zusammen bin. Die meisten Mädchen, mit denen ich ausgehe, haben nicht genug Selbstvertrauen, um damit umzugehen, dass ich ein Mädchen im Tanga sehen kann und sie nicht ficken will.

Zumindest, bis ich Savannah kennenlernte.

Das Mädchen ist wie Feuer, und ich möchte mit ihr spielen, obwohl ich weiß, dass es tödlich und gefährlich ist und ich mich verbrennen könnte.

Ein bisschen Schmerz hat noch niemandem geschadet.

„Bist du sicher?", fragt Savannah, aber sie tritt in mein Büro und schließt die Tür. Sie setzt sich auf den Stuhl direkt mir gegenüber. Es erinnert mich an gestern, unsere erste Begegnung, als sie sich bei mir vorstellte. Nur dass sie heute nicht auf meinen Schreibtisch klettert und mir eine Show bietet.

Das ist schade. Das war ein ziemlich unterhaltsamer Nachmittag. Aber ich freue mich schon darauf, sie heute Abend tanzen zu sehen.

„Du bist früh hier. Gibt es einen Grund dafür?" frage ich. Ich nehme mir einen Stift vom Schreibtisch und öffne das Hauptbuch. Von ihrer Position aus kann sie die Informationen nicht sehen. Außerdem gibt es nichts, was sie interessieren könnte.

Ich muss jetzt ein wenig arbeiten, wenn ich ihr heute Abend beim Tanzen zusehen will. Ich schaue auf und warte mit dem Stift in der Hand auf ihre Antwort. Sie kann mir nicht sagen, dass ihr langweilig ist und sie deshalb früher zur Arbeit kommt. Das wäre nur eine Ausrede. Ich muss den wahren Grund hören, warum sie hier ist; ich bin mir sicher, dass er wenig mit mir zu tun hat. Wir haben nur einmal miteinander geschlafen. Wir kennen uns kaum.

„Ehrlich gesagt war ich neugierig auf den Jungen, aber da du sein Onkel bist, hast du meine Frage beantwortet."

„Du bist früher zur Arbeit gekommen, um mich nach Zion zu fragen?" Ich lege den Stift weg. Ich kann es nicht glauben. „Du bist eine schlechte Lügnerin", sage ich.

Savannahs Wangen glühen und sie blickt auf ihren Schoß hinunter. Sie zwirbelt eine Haarsträhne um ihren Finger und schaut mich mit einem schüchternen Lächeln an.

Ich falle nicht auf ihre schüchterne Masche herein.

„Raus mit der Sprache", sage ich.

„Ich wollte dich nach einem Date fragen", sagt Savannah.

Ich räuspere mich. Das war nicht das, was ich erwartet hatte. Ich bin mir nicht sicher, was ich dachte, was sie wollte, als sie in mein Büro kam, aber ein Date? „Wir müssen das, was zwischen uns ist, für uns behalten", sage ich.

„Ich weiß. Ich dachte nur, dass wir vielleicht nach der Arbeit einen Happen essen gehen könnten?"

Sie wünscht sich eine Wiederholung von gestern Abend. Okay, darauf kann ich mich einlassen, auch wenn das bedeutet, dass ich in ihrem Bett lande. „Das würde ich gerne", sage ich. Ich nehme an, das ist kein One-Night-Stand. Gestern Abend, nachdem wir miteinander geschlafen hatten, war ich mir nicht sicher, ob sie wollte, dass ich gehe und es einfach professionell zwischen uns bleibt.

Aber es gefällt mir jetzt schon, in ihrer Nähe zu sein, obwohl ich mich nicht verrückt machen sollte, ist es gefährlich. Das Mädchen weiß nicht, womit ich meinen Lebensunterhalt neben der Arbeit im Club verdiene.

Ich werfe einen Blick auf das Hauptbuch auf meinem Schreibtisch. Ich muss die Zahlen überprüfen und den Hintergrundcheck nachholen, den wir bei Savannah als Neueinstellung durchgeführt haben. Es wäre gut, sich zu vergewissern, dass sie nicht mit der italienischen Mafia oder dem kolumbianischen Kartell zu tun hat. Beides sind gefährliche Organisationen, und während wir mit den Italienern einen Waffenstillstand geschlossen haben, wurde das Kartell schon vor einigen Monaten von uns ausgeschalten. Es ist nur eine Frage der Zeit, bis sie Vergeltung üben, wenn ein neuer Anführer kommt.

„Sonst noch etwas?", frage ich.

Sie schüttelt den Kopf. „Ich wollte nur sichergehen, dass ich eine Minute mit dir allein bin, bevor die anderen Mädchen kommen. Ich möchte nicht, dass sie reden."

„Das weiß ich zu schätzen", sage ich und bin erleichtert, dass auch sie das, was zwischen uns passiert, geheim halten möchte.

Savannah steht nicht von ihrem Stuhl auf. „Woran arbeitest du?", fragt sie. Ihr Tonfall zeigt nicht, dass sie sehr interessiert ist, sie versucht nur, ein höfliches Gespräch zu führen.

Ich will nicht unhöflich sein oder sie herabsetzen, indem ich darauf hinweise, dass es nichts ist, was sie verstehen würde. „Ich gehe nur die Zahlen durch. Langweiliges Zeug", sage ich.

„Ich habe Buchhaltung studiert", murmelt sie.

„Und du hast das Studium abgebrochen, weil du mehr gefeiert hast als zum Unterricht gegangen bist", sage ich und erinnere mich an das, was sie mir erzählt hat.

Sie zuckt mit den Schultern und weiß, dass ich recht habe. „Ja, ich bin wahrscheinlich keine große Hilfe, aber ich würde gerne lernen. Ich lerne lieber mit den Händen, als das zu begreifen, was in einem Lehrbuch steht. Ich bevorzuge praktische Erfahrungen."

„Das werde ich im Hinterkopf behalten", sage ich.

Savannah steht auf und deutet hinter sich auf die Tür. „Ich glaube, ich sollte mich jetzt fertig machen."

„Gute Idee."

Sie geht auf die Tür zu. „Soll ich deine Tür offen oder geschlossen lassen?"

„Geschlossen", sage ich.

Kaum ist die Tür zu, widme ich mich wieder den Büchern. Ich habe es geschafft, zwei Stunden lang die Bücher zu prüfen und an einem separaten Buch für unsere Steuern zu arbeiten, als es an der Tür klopft und Nikita uneingeladen hereinkommt.

„Ich hätte nicht erwartet, dich heute im Büro zu sehen." Ich blicke kurz auf, bevor ich mich wieder meiner Arbeit zuwende. „Wie geht es deiner Frau?"

„Lucy geht es gut. Sie hat sich nur den Knöchel verstaucht. Der Arzt hat ihn bandagiert, aber sie wird bald wieder gesund sein.

„Das freut mich zu hören", sage ich und halte meinen Stift in der Hand , während ich Nikita zuhöre.

„Danke noch mal, dass du Zion heute Nachmittag nach Hause gebracht hast. Mir ist aufgefallen, dass ich vergessen habe, dir den Kindersitz zu geben. Ich habe einen Ersatzsitz im Büroschrank oben, falls du ihn mal wieder abholen musst."

Ich hoffe, er macht das nicht zu einer Gewohnheit oder zu einem neuen Teil meiner beruflichen Verantwortung. „Ja, klar. Solange es dich nicht stört, dass ich dem Jungen auf dem Heimweg ein Eis kaufe."

„Das hast du nicht", stöhnt Nikita. Er glaubt mir nicht.

„Der Junge hat es dir nicht gesagt?" Ich bin überrascht, dass Zion ein Geheimnis für sich behalten konnte. Ich nehme an, Hannah hat ihn dazu gebracht, seine Schuluniform auszuziehen, als er nach Hause kam.

„Zion kann normalerweise kein Geheimnis für sich behalten", sagt Nikita. „Aber er hat vergessen, das Eis zu erwähnen. Gibt es sonst noch etwas, das ich wissen sollte?"

„Ich bin an einer Bar vorbeigekommen und habe mit ihm sein erstes Bier getrunken."

„Jetzt weiß ich, dass du scherzt." Nikita verschränkt die Arme vor der Brust, aber er scheint nicht sauer auf mich zu sein. „Danke, dass du auf ihn aufgepasst und ihm geholfen hast. Ich weiß, dass du keine Kinder magst."

„Das habe ich nie gesagt." Ich lege meinen Stift weg. „Ich hatte noch nie mit Kindern zu tun."

„Bietest du an, auf ihn aufzupassen?" scherzt Nikita. „Zion hat wunderbare Dinge über dich gesagt. Er hat dir fünf Sterne gegeben."

„Oh, jetzt bewertest du mich?" Es wäre typisch für Nikita, wenn er versuchen würde, die Sache umzudrehen und mich zu überreden, auf das Kind aufzupassen, während er mit Lucy ausgeht. Ich gehe nicht auf seine Frage ein, weil ich meinem Chef auf keinen Fall sagen will, dass das nicht geht.

„Das sind Zions Worte, nicht meine. Ich lasse dich darauf zurückkommen, aber bedenke meine Bitte. Wir sind bereit, zu zahlen."

Ich schüttle den Kopf. „Nein, danke. Ich würde lieber von Skorpionen und Taranteln angegriffen werden."

Nikita zieht eine Grimasse. „Autsch. Dann zieh ein Kondom an, damit du keinen kleinen Skorpion herumlaufen hast."

Ich schnaube leise vor mich hin. Er konnte nichts von Savannah wissen. Es ist erst einen Tag her, dass sie eingestellt wurde. „Das werde ich mir merken, wenn ich das nächste Mal ausgehe."

„Klar, mach das", sagt Nikita mit einem Grinsen.

Er weiß auf keinen Fall, was mit Savannah letzte Nacht oder relativ früh heute Morgen passiert ist. Er war schon lange weg, bevor wir zusammen gegangen sind. Es sei denn, Dmitri hat etwas gesagt; er war der Letzte, der gegangen ist. Er könnte gesehen haben, dass ich Savannah mitgenommen habe.

Ich muss vorsichtiger sein, wenn ich im Club bin. Das Letzte, was ich will, ist, dass die anderen Mädchen ihr das Leben schwer machen oder dass sie denken, ich würde sie bevorzugt behandeln.

Nikita macht die Tür zu, als er mein Büro verlässt. Ich schaue auf meine Uhr. Ich muss auf der Etage sein, ein Auge auf die Gäste und die Mädchen haben und sicherstellen, dass der Laden reibungslos läuft. Ich öffne die Schreibtischschublade, schiebe das Hauptbuch hinein und verschließe die Schublade, bevor ich mein Büro verlasse.

Ich schließe die Bürotür und trete aus dem Flur in die Lounge. Die Tische sind voll besetzt und die Kellnerinnen haben alle Hände voll zu tun. Lucy arbeitet heute Abend nicht, was angesichts ihrer Verletzung nicht verwunderlich ist. Der Laden ist gut besucht und es ist erst Mitte der Woche.

Ich bin froh, dass die Klimaanlage in Ordnung, und das Klima für alle angenehm ist. Bailey steht in der Mitte der Bühne, während Savannah nirgends zu sehen ist. Wahrscheinlich tanzt sie gerade mit einem Gast.

In jeder privaten Kabine gibt es Kameras zum Schutz der Mädchen. Ich schleiche in den Kontrollraum, um zu sehen, was mit Savannah los ist. Wir haben Sicherheitsleute, die Monitore überwachen, um die Sicherheit der Mädchen zu gewährleisten und sicherzustellen, dass sie nicht gefährdet sind. Sie dürfen nicht mit anderen Kunden nach Hause gehen oder mit jemandem Sex haben, während sie im Club sind.

Wir sind ein gehobener Gentleman-Club, kein Hurenhaus.

Ich schlüpfe in den Kontrollraum und schließe die Tür hinter mir. Es gibt ein Dutzend Kameras, die die

Lounge überwachen, und es gibt Sofas, Tische und Plattformen, auf denen die Mädchen tanzen. Ich konzentriere mich auf die Privatkabinen, nicht auf die VIP-Räume. Es ist fast unwahrscheinlich, dass sie mit einem Kunden in einer Kabine sitzt.

Mir läuft das Wasser im Mund zusammen, als ich auf den Bildschirm schaue. Den Mann, an dem sie sich reibt, erkenne ich.

Ich atme scharf ein. Es ist derselbe Herr, der heute Nachmittag im Café war. In seinem überteuerten Anzug hatte ich ihn an keinem der Tische bemerkt. Das kann kein Zufall sein.

FÜNF

SAVANNAH

„Du solltest nicht hier sein", flüstere ich ihm ins Ohr.

Special Agent James Lexington ist mein Kontaktmann. Ich soll ihm alles melden, was im Club passiert, und ich habe ihm bisher nicht viele Informationen gegeben. Ich hatte mich vorhin mit ihm im Café getroffen, als ich fast von Anton erwischt wurde.

Wie zum Teufel hatte er unseren Treffpunkt herausgefunden?

Wir müssen ihn ändern, an einen noch öffentlicheren Ort, an dem wir Anton nicht so leicht über den Weg laufen können. Nicht, dass ich erwartet hätte, dass er mit einem Kind im Café auftauchen würde! Ich schwöre, er ist mir gefolgt, aber wann hat er es geschafft, noch seinen Neffen abzuholen?

Als ich seinen Lebenslauf gelesen habe, hatte er keine Geschwister, was es seltsam macht, einen Neffen zu haben. Vielleicht ist es eines der Kinder eines anderen Mitglieds der Bratva? Diese Frage kann ich nicht stellen, ohne dass Anton herausfindet, dass ich weiß, wer er ist, und das könnte meine wahre Identität verraten.

Ich setze mich in der kleinen Kabine auf James. Der Raum ist übermäßig rot: rote Vorhänge, ein rotes Sofa und sogar eine rote Deckenbeleuchtung, um die Stimmung zu unterstreichen. Vor der Couch steht ein Tisch, der mir eine Plattform bietet, wenn ich für ihn tanzen möchte.

Hier gibt es überall Kameras, aber ich bin mir nicht sicher, ob es einen Ton gibt, also muss ich vorsichtig sein.

Er ist mein erster privater Tanz. Bei jedem anderen würde ich vermuten, dass er zu der Bratva gehört und mich testet. Aber James ist zum Vergnügen hier, nicht geschäftlich. Wäre es rein geschäftlich, hätte er einen Weg gefunden, mit mir in der Lounge zu reden oder mir eine Nachricht zukommen zu lassen, anstatt für einen Tanz zu bezahlen.

Ich beginne mit dem Couchtisch. Er ist aus Holz und hält mein Gewicht mühelos aus, während meine Plattformen über den Stoff darunter rutschen.

„Was möchtest du, dass ich für dich tue?", frage ich und spreche so laut, dass die Mikrofone, falls es welche gibt, oder die Bodyguards draußen das Gespräch hören können. Wir sind nicht in einer privaten Suite. Die Wände auf beiden Seiten der Couch bestehen aus schimmernden roten Vorhängen.

Ich werde im Fünf-Minuten-Takt bezahlt, also wird alles in die Länge gezogen. Eines der Mädchen gab mir eine kurze Einweisung , wie ich die Männer dazu bringe, um das zu betteln, was sie wollen, und wie ich es länger hinauszögern kann, um mehr Geld zu verdienen.

„Ich will dich nackt sehen", flüstert James und starrt mich an. Er lockert seine Krawatte und sein Kiefer hängt praktisch auf dem Boden.

„Ich wette, das willst du", sage ich grinsend. Er hat auf keinen Fall genügend Geld, um sich einen Blick auf mein rosa Teil zu verdienen. Aber mein Job ist es, ihn zu necken, ihn zu erregen und es für die Kameras glaubwürdig aussehen zu lassen.

„Was ist dein Lieblingsteil an meinem Körper?", frage ich und lasse meine Finger über meine Brust gleiten, um ihn zu verführen.

Er krächzt und räuspert sich. James versucht, professionell zu bleiben, aber diese Runde hat er schon lange verloren. Er drückt mir eine Handvoll Eindollar Scheine in die Hand und ich schüttle den Kopf. „Es wird dich mehr kosten, wenn du einen Blick auf etwas werfen willst."

Meine Finger streichen durch James Haare, während er sich an mich lehnt und seine Augen geschlossen sind. Er ist verliebt. Er hat keine Frau zu Hause. Keine Kinder. Er ist alleinstehend und ich habe immer gedacht, dass er die Arbeit einer Frau vorzieht, aber ehrlich gesagt, bin ich davon nicht mehr so überzeugt.

Ich habe diese Seite von ihm noch nie gesehen und ein Teil von mir hat Mitleid mit dem Mann. Ein anderer Teil ist begierig darauf, ihm sein Geld abzunehmen. Wenn er so dumm ist, in den Club zu kommen und mich um einen Tanz zu bitten, wird er dafür schwer bezahlen.

Ich senke meine Stimme. Wenn es eine Tonaufnahme gibt, wird die Musik mein Flüstern übertönen. „Was machst du hier?"

Das FBI sollte nicht hier sein, um zu ermitteln oder herumzuschleichen, während ich undercover bin. Sie könnten die ganze Operation auffliegen lassen. „Neuer Treffpunkt", antwortet James ebenso leise.

Hätte er nicht einen anderen Weg finden können, um mich über die Änderung des Treffpunkts zu informieren?

Er streckt seine Hand aus und ich drücke sie zurück auf das Sofa. „Nicht anfassen", warne ich, laut genug, dass er und der Bodyguard es hören können.

„Tut mir leid", entschuldigt sich James schnell.

Ich stoße mit meinen Hüften gegen seinen Schritt, und er hat seine Waffe nicht dabei. Ich versuche, die

Beule zu ignorieren, die ich spüre, und die Tatsache, dass dieser Mann mein Kollege und einer meiner engsten Verbündeten im Büro ist. Es muss glaubwürdig aussehen, falls jemand zuschaut.

Aber gleichzeitig dreht sich mir der Magen um. Was ist, wenn Anton zusieht? Wird er ihn von heute Morgen wiedererkennen? Wird er sich daran erinnern, dass James ihm in dem Café die Tür aufgehalten hat?

Anton ist kein Idiot. Er wird es nicht als Zufall abtun. Dieses kleine Missgeschick könnte die Ermittlungen ruinieren oder mich das Leben kosten.

„Du solltest nicht hier sein", flüstere ich ihm ins Ohr. „Er wird dich erkennen." Ich klettere vom Tisch herunter und rittlings auf ihn.

„Das bezweifle ich. Es gibt über acht Millionen Menschen in New York City. Ich bin nur ein weiteres Gesicht."

James ist eingebildet und es könnte damit enden, dass ich von der Bratva verhört oder gefoltert werde. „Wo treffen wir uns?", frage ich und will, dass dieser Tanz endlich vorbei ist. Je länger er in der Kabine bleibt, desto größer ist die Chance, dass Anton ihn im Club entdeckt. Er muss gehen.

„Hier", sagt James mit einem verschmitzten Grinsen.

„Das wird nicht funktionieren. Er hat dein Gesicht schon gesehen. Du kannst froh sein, dass du nicht tot bist. Schick Barrett."

„Willst du für unseren Boss tanzen?", fragt James und ich schwöre, wenn er noch lauter spricht, habe ich keine andere Wahl, als ihn zu töten.

„Anton hat ein Auge auf mich", flüstere ich, während meine Fingernägel über seine Kopfhaut streichen. „Barrett kann mir einen Zettel zustecken. Aber du musst mir eine deiner Visitenkarten geben. Leg sie zwischen die gefalteten Scheine", sage ich.

Seine Augen verdichten sich, aber er antwortet nicht. Ich steige von seinem Schoß und halte ihm meine Hand hin, um die Bezahlung zu fordern. Wir werden in Fünf-Minuten-Schritten bezahlt, und während ich die meisten Kunden immer weiter reizen würde, damit sie mir noch mehr bezahlen, muss James gehen.

Ich klettere von seinem Schoß und er wirft mir grummelnd ein paar zusätzliche Zwanziger zu.

„Du darfst hier nicht mehr herkommen", sage ich, als James aufsteht, den dicken roten Vorhang zur Seite schiebt und den Raum verlässt.

Ich warte darauf, dass James den Flur hinuntergeht, bevor ich den Stoffvorhang zur Seite schiebe und Anton gegenüberstehe.

Ich presse meine Lippen aufeinander und lächle schüchtern. „Bist du wegen eines Tanzes hier?" Ich bete, dass er kein Wort zwischen James und mir gehört hat.

Anton drängt sich in die Kabine, ohne sich auch nur im Geringsten zu entschuldigen, und ich stolpere zurück zur Couch, damit er nicht gegen mich stößt. Der Platz ist nicht riesig, und er nimmt so viel davon ein wie möglich.

„Ich habe diesen Mann heute Morgen gesehen; wer ist er für dich?" Anton drückt mich auf das Sofa und hält mich davon ab, den Raum zu verlassen.

Ich lache, weise seine Frage mit einem Achselzucken zurück und ignoriere seine Unverfrorenheit. „Willst du für mich tanzen?" Ich ziehe meine Unterlippe zwischen die Zähne. Ich würde Anton gerne tanzen sehen, aber ich kann mir nicht vorstellen, dass er das tun würde, und schon gar nicht vor der Kamera.

Seine Nasenflügel blähen sich auf, als er meinen Vorschlag belächelt, und seine Hand legt sich um meinen Hals, sodass die Blutzufuhr abgeschnitten wird, aber er drückt nicht auf meine Luftröhre. Er hat das schon einmal gemacht. „Sag mir, *Kätzchen*, wer war dieser Mann?"

Ich fuchtle mit den Armen und schlage ihm seitlich gegen den Kopf, um mich zu befreien. Er lässt seinen Griff los und fixiert mich mit seinem Blick.

„FBI", schnaufe ich. Mein Herz klopft wie wild gegen meine Brust, während ich nach Luft schnappe.

„Er ist beim FBI?" Anton mustert mich von oben bis unten, um sicherzugehen, dass ich nicht lüge. „Was wollte er?"

Ich habe keine Angst vor Anton. Das sollte ich auch nicht, denn er könnte mich töten und entsorgen, ohne dass jemand meine Leiche findet.

Ich zeige Anton die Visitenkarte, die beweist, dass James ein Bundesagent ist. „Er hat mir gesagt, dass du zur russischen Mafia gehörst", sage ich.

„Wir bevorzugen den Begriff Bratva." Antons Blick strafft sich, als er meinen Blick festhält. „Was hat er dir noch gesagt, *Kätzchen*?"

„Dass ich dir nicht trauen soll."

Anton gluckst leise vor sich hin. „Das solltest du auch nicht. Ich bin ein gefährlicher Mann."

„Du machst mir keine Angst", flüstere ich, klettere auf seinen Schoß und spreize seine Beine.

„Es gibt Kameras", warnt Anton.

Aber das ist mir egal.

Sollen sie doch zusehen.

„Hast du noch nie auf Voyeurismus gestanden?" Ich necke ihn und fahre mit den Fingern durch sein Haar und über seinen Kiefer, sanft und langsam. Ich will nicht, dass er das Gefühl hat, ich sei eine Bedrohung für ihn oder die Männer, mit denen er arbeitet.

Er knurrt und schiebt mich von sich weg. „Du lenkst mich ab." Er steht auf und tritt auf die andere Seite des Couchtisches, um Abstand zwischen uns zu halten. Anton reibt sich die Stirn und streicht sich über den Kiefer. Er ist beunruhigt durch die Informationen, die ich ihm gegeben habe.

Hat er Angst, dass ich ihn in Versuchung führe, wenn wir uns zu nahe sind?

Ich benötige sein Vertrauen und wenn er denkt, dass das FBI ihn beobachtet und ich ein Verbündeter bin, wird er mir vielleicht ein wenig mehr Verantwortung übertragen und einige seiner Geheimnisse preisgeben.

„Wenn du sonst nichts hast, ich habe noch mehr Kunden zu unterhalten", sage ich. Ich stehe auf, und er knurrt mich an.

„Setz dich wieder hin."

Ich lasse mich wieder auf das Sofa fallen. Ich kann nicht erkennen, ob er eifersüchtig oder wütend ist. Er stürmt auf die Couch zu, schiebt den Tisch aus dem Weg und stellt sich vor mich.

„Beweise deine Loyalität", befiehlt er.

Ich starre zu ihm auf. „Willst du einen Blowjob?"

Er knurrt, packt mich an den Haaren und zieht mich auf die Couch, während er sich auf mich setzt. „Biete das in meinem Club niemals einem Mann an!"

Da er mich an den Haaren packt, kann ich nicht weglaufen oder mich wehren. Ich bin vorsichtig, wenn ich mich wehre, denn ich weiß, dass ich mich leicht verraten könnte, wer ich bin oder wie ich vom FBI ausgebildet wurde.

„Ich erwarte deinen Gehorsam und deine Unterwerfung", fordert er. Seine linke Hand greift in mein Haar, während sich seine rechte um meinen Hals schließt.

„Du hast es", flüstere ich und starre zu ihm auf.

Er drückt nicht zu. Er findet meinen Pulsschlag, seine Augen sind ganz auf mich gerichtet. „Du hast keine Angst vor mir", sagt er, als ihm klar wird, dass ich nicht darum kämpfe, mich zu befreien oder um mein Leben zu betteln.

„Ich habe keinen Grund, dich zu fürchten. Sollte ich das?" frage ich. Mein Leben liegt in seinen Händen. Es ist ein gefährliches Spiel, aber er wird sich mir nie öffnen, wenn ich ihm nicht zeige, dass ich ihm vertraue.

Sein Mund presst sich auf meinen und seine Zunge schiebt sich an meinen Lippen vorbei. Wäre es ein anderer Mann aus dem Club, würde mich so ein

Verhalten abstoßen, aber bei Anton möchte ich, dass er mich berührt.

Er ist vollständig bekleidet, aber ich spüre, wie sich sein Schwanz gegen mich presst. „Ich will, dass du mich fickst", flüstere ich und versuche, meine Stimme so leise zu halten, dass nur er mich hören kann.

Anton knurrt, bevor er seinen Griff lockert und von mir herunterklettert. Schweißperlen stehen ihm auf der Stirn. Der Raum ist stickig. „Zurück an die Arbeit", befiehlt er und schiebt die Vorhänge zur Seite, während er aus dem Zimmer verschwindet.

Der Rest des Abends ist weit weniger ereignisreich. Ich gebe ein paar Schoßtänze, aber keiner davon ist mir nach dem, was zuvor passiert ist, besonders in Erinnerung geblieben. Ich bin immer noch ganz aufgeregt, weil Anton James entdeckt hat und mich über ihn ausfragt.

Als die Nacht sich dem Ende zuneigt und der Club schließt, gehe ich in die Umkleidekabine, um meine Jeans und mein rosa Hemd anzuziehen. Ich schnappe mir meinen kleinen Seesack, in dem sich ein Paar zusätzliche Klamotten, mein Make-up und alle meine Gesichtsreinigungsprodukte befinden. Meine Haut ist voller Glitzer, im Gegensatz zu gestern Abend, als ich weniger geschminkt war, weil ich nicht viel mitgebracht hatte.

Meine Handtasche ist tief in meinem Seesack verstaut, zusammen mit meinem Handy. Ich hole mein Handy und bestelle eine Mitfahrgelegenheit, falls Anton schon weg ist. Aber ich hoffe, dass er auf mich warten wird.

Als ich die Umkleidekabine verlasse, gehe ich den langen Flur entlang zu seinem Büro und klopfe an. Die Tür öffnet sich quietschend. Sie war nicht sehr fest verschlossen.

Anton sitzt hinter seinem Schreibtisch. Seine Ärmel sind hochgekrempelt und seine Jacke hängt auf dem Stuhl gegenüber. Ich will nicht anmaßend sein. Wir haben zwar darüber gesprochen, nach der Schließung des Clubs noch einen Happen zu essen, aber die Dinge ändern sich.

James ist aufgetaucht.

Ich hatte nicht vor, ihm zu sagen, dass James vom FBI ist, aber ich ahnte, dass ich etwas unternehmen muss, wenn Anton Verdacht schöpft. Deshalb habe ich darauf bestanden, dass James mir seine Visitenkarte hinterlässt, um zu versichern, dass ich die Wahrheit sage.

Antons Augenbrauen sind zusammengezogen und er sieht etwas verwirrt aus.

„Ist es schon so weit?" Er wirft einen Blick auf die Uhr an seinem Handgelenk und legt seinen Stift weg. Er schließt das Buch, an dem er arbeitet, öffnet die oberste Schreibtischschublade und schiebt es hinein. Er schließt die Schublade ab und steht auf.

Anton kommt hinter seinem Schreibtisch hervor und krempelt seine Ärmel herunter. Er schnappt sich seine Jacke und zieht sie wieder an, während er mich nach draußen begleitet.

Die anderen Mädchen sind bereits gegangen. Der Laden ist leer und als wir auf den Hof treten, bemerke ich, dass nur ein einziges Auto auf dem Parkplatz steht: Antons.

Er schließt die Türen des Geländewagens auf, ich öffne die Hintertür und lege meinen Seesack auf den

Boden hinter meinem Sitz. Vorsichtig bewege ich den Peilsender. Ich hatte ihn in meiner Handfläche unter dem Gurt des Seesacks verstaut.

Ich schiebe ihn unter den Beifahrersitz. Hoffentlich wird ihn niemand bemerken.

Ich schließe die Hintertür, springe auf den Vordersitz und schnalle mich an.

„Fertig?", fragt er. Der Motor läuft und er schlägt mit den Hände auf das Lenkrad, während er aufmerksam auf mich wartet.

„Derselbe Ort wie gestern Abend?" Ich bin mir nicht sicher, was um diese Zeit noch geöffnet hat. Der größte Teil der Stadt schläft noch und die wenigen geöffneten Lokale befinden sich nicht in den besten Gegenden der Stadt.

„Ich habe einen anderen Ort im Sinn. Vertraust du mir?"

Ich atme scharf ein. „Ja, das tue ich."

„Gut." Er verlässt den Parkplatz, ohne mir einen Hinweis darauf zu geben, wohin wir fahren. Die Stadt verschwindet, als wir weiter herausfahren.

Hat er vor, mich an einen abgelegenen Ort zu bringen und zu töten? Hat er herausgefunden, dass ich ein FBI-Agent bin?

Während ich mich auf dem Beifahrersitz hin und her bewege, versuche ich, kein Unbehagen zu zeigen - mein Magen knurrt.

„Wir sind fast da", sagt er.

Ich weise ihn nicht darauf hin, dass hier meilenweit nichts zu sehen ist. Um uns herum sind nur Straßen, Wälder und Bäume - der perfekte Ort für ein Leichenversteck.

In meinem Seesack ist eine Waffe vergraben, aber der liegt auf dem Rücksitz. „Was machen wir hier draußen, Anton?" Das Lächeln ist aus meinem Gesicht verschwunden und wird durch Furcht ersetzt.

„Du siehst besorgt aus", sagt er und schaut mich kurz an, bevor er sich wieder der Straße zuwendet. „Warum? Vertraust du mir nicht?"

„Hier draußen hat kein Restaurant geöffnet." Ich erwähne gar nicht erst, dass es schon spät ist und die Sonne bald aufgehen wird.

„Im Handschuhfach liegt ein Eiweißriegel."

Ich öffne das Handschuhfach und tatsächlich, dadrin ist ein Eiweißriegel versteckt. Das ist nicht das Einzige, was ich unter dem Fahrzeugschein und dem Papierkram hervorschauen sehe. Ich sehe auch das glitzernde Metall einer Handfeuerwaffe.

Ich kommentiere die Waffe nicht und tue so, als würde ich sie nicht bemerken, als ich mir den Proteinriegel schnappe und das Handschuhfach schließe. Ich kann die Waffe nicht unbemerkt an mich reißen und das Letzte, was ich will, ist, dass er uns von der Straße drängt und mit mir um die Waffe ringt.

„Willst du die Hälfte?" Ich biete ihm einen Teil des Snacks an.

„Nein, danke."

Er biegt von der Straße auf einen kleinen Weg ab. Er ist schmal und dunkel. Kilometerweit sind keine Fahrzeuge zu sehen, aber es ist ja mitten in der Nacht. Als er sein Ziel erreicht hat, stellt er den Motor ab.

„Wir sind da", sagt er.

Ich werfe einen Blick auf ihn und dann wieder auf das Handschuhfach. Ich habe nur eine Chance. Ich reiße das Fach auf, nehme die Waffe, entsichere sie und richte sie auf ihn. Ich werde nicht kampflos untergehen.

SECHS

ANTON

„Was zum Teufel machst du da, Savannah?" Es ist das erste Mal, dass ich sie nicht mit dem kleinen Kosenamen anspreche, den ich ihr gegeben habe.

Warum zum Teufel hat sie meine Waffe gestohlen? Und warum zielt sie damit auf mich?

„Sag du es mir! Du hast mich ins nirgendwo gebracht."

Ich wünschte wirklich, ich hätte die Waffe nicht mit Kugeln geladen. Sie hat den Hahn entsichert, also scheint sie zu wissen, was sie tut, und ihre Hände zittern nicht. Ist es das Adrenalin oder etwas anderes?

„Ich habe dich mitgenommen , damit wir campen gehen können", sage ich. „Die Ausrüstung ist im Kofferraum. Du kannst es dir ansehen, wenn du willst."

Sie blickt von mir zum Heck des Geländewagens. Von hier aus kann sie den Inhalt des Kofferraums nicht sehen, und ich habe nicht so viele Sachen mitgenommen. Ich hatte vor, es mit ihr zu treiben. Ich wollte unter den Sternen schlafen und sie kennenlernen, aber ich dachte, ein Zelt wäre praktisch, wenn die Mücken zu viel werden.

„Wirklich? Zelten bei einem zweiten Date?"

„Ich wusste nicht, dass wir zusammen sind", sage ich und versuche mit einem Grinsen, sie emotional zu entwaffnen.

Hoffentlich kann ich die Waffe zurückholen, wenn ich ihr klarmache, dass ich gar kein so schlechter Kerl bin. Wahrscheinlich ist sie ganz aufgeregt, weil dieser blöde FBI-Agent im Club aufgetaucht ist und ihr unheimliche Dinge erzählt hat, wer wir sind und was wir tun.

„Ich dachte nur", sie rümpft die Nase und ein irritierter Blick geht über ihr Gesicht, „du hast mich hierher gebracht, um mich zu töten!"

„Warum sollte ich das tun?", frage ich mit ruhiger und gleichmäßiger Stimme. Die Worte des FBI-Agenten sind in ihrem Kopf. „Hat der Mann dir das gesagt? Dass ich Menschen ermorde?"

„Nicht mit so vielen Worten", flüstert Savannah. Sie runzelt die Stirn und senkt langsam die Waffe. Ich nehme sie ihr ab und entsichere sie wieder, bevor ich sie zurück ins Handschuhfach schiebe.

„Er ist mir heute Morgen gefolgt", sage ich und versuche, ihr so gut wie möglich zu erklären, was ich weiß. „Ich habe ihn im Café gesehen, als wir uns zufällig begegnet sind. Das war auf keinen Fall ein Zufall." Es ist das erste Mal, dass ich mich erinnere, ihn im Club Sage gesehen zu haben. „Er muss uns zusammen gesehen haben und dachte, dass er über dich an mich herankommt."

Ich muss vorsichtiger sein, vor allem, wenn das FBI herumschnüffelt, mir folgt und die Mädchen im Club belästigt.

„Ich habe ihm nichts gesagt", sagt Savannah, ihre Stimme wird weicher und ruhiger. „Es tut mir leid, dass ich deine Waffe auf dich gerichtet habe."

„Mir auch." Ich fahre mir mit der Hand durch mein ungekämmtes Haar und lache kehlig. Ich hätte nie gedacht, dass ich den Tag erlebe, an dem eine der Tänzerinnen mir die Waffe entreißt und die Gelegenheit hat, mich zu töten. Ich hätte auch nicht geglaubt, dass ich mit einer von ihnen schlafen würde.

Ich atme schwer aus. „Komm und schau dir mit mir die Sterne an", sage ich und steige aus dem Fahrzeug. Die Luft im SUV ist schwer und drückend von dem, was gerade passiert ist. Ich brauche ein bisschen Abstand und Raum, nicht unbedingt von Savannah, aber von allem anderen.

Ich möchte es hinter mir lassen.

Aber ich kann es nicht.

Ich gehöre zu den Bratvas. Sie sind meine Brüder, und ich werde nie aus ihren Fängen entkommen können. Nicht, dass alles schlecht wäre. Ich arbeite gerne für Nikita. Und Mikhail ist ein guter Pakhan. Ich kann mich nicht beschweren, wie er den Laden schmeißt. Es wäre nur schön, wenn ich mir keine Sorgen machen müsste, dass ich für die Scheiße, die ich getan habe, ins Gefängnis komme.

Vielleicht in einem anderen Leben, wenn man daran glaubt.

Ich öffne den Kofferraum und der Deckel hebt sich, um den Inhalt zu enthüllen. Savannah kommt um die Beifahrerseite herum und stellt sich neben mich, wobei sie das Zelt bemerkt. „Woher wusstest du, dass ich gerne zelte?"

„Ich habe es vermutet", sage ich. Sie könnte auch die Art von Frau sein, die die freie Natur hasst, aber selbst wenn das der Fall wäre, könnten wir unter den Sternen liegen und in den Nachthimmel schauen. Ich kannte noch nie eine Frau, die das abgelehnt hat. Nicht, dass das regelmäßig vorkommt, aber ich war auch mal jung - das ist gefühlt ein halbes Leben her.

Ich schnappe mir die Tasche mit dem Zelt und den Stangen und hole sie aus dem SUV. Es gibt eine Lichtung im Wald, ein perfekter Ort, um unter den Sternen zu zelten. Mit dem Zelt, das ich besorgt habe, kann man den Himmel beobachten, während man drinnen ist—perfekt, damit wir unter den Sternen einschlafen können.

Mit dem Licht der Scheinwerfern des Fahrzeugs baue ich das Zelt in wenigen Minuten auf, werfe einen Schlafsack hinein und öffne ihn, damit wir gemeinsam darauf liegen können. Ich schnappe mir einen zweiten Schlafsack und öffne ihn als Decke, falls es noch kälter wird.

„Komm, leg dich mit mir unter die Sterne." Ich warte nicht auf eine Antwort von Savannah. Ich ergreife ihre Hand und ziehe sie zu mir ins Zelt.

Wir kriechen auf den Schlafsack und ich lege meinen Kopf auf das übergroße Stoffkissen. Savannah rollt sich direkt neben mir zusammen und teilt mein Kissen, während wir in den Nachthimmel blicken.

Ich möchte, dass sie sich entspannt und ausruht. Aber ich will auch, dass sie mir alles erzählt, was der FBI-Agent heute Abend zu ihr gesagt hat. Ich muss wissen, wie viel das FBI weiß und was sie über uns haben, wenn überhaupt. Ich schätze, nicht viel, sonst hätten sie eine Razzia gemacht.

Sie starrt in den Himmel. Eine Schwere lastet auf ihr.

Liegt es daran, dass sie müde ist?

Es ist schon weit jenseits der frühen Morgenstunden und bald wird der Nachthimmel einen wunderschönen Sonnenaufgang weichen, der zwischen den Bäumen nur schwer zu sehen ist. Die Lichtung bietet uns den perfekten Blick direkt nach oben, aber sie versperrt alles um uns herum, mit tanzenden Schatten und Ästen, die sich kilometerweit in alle Richtungen schlängeln.

Ich streiche mit meinen Fingern über ihren Arm, eine sanfte Liebkosung auf ihrer nackten Haut, während ich sie näher zu mir ziehe und mich auf die Seite drehe. Ich will sie küssen, sie verschlingen und ihr zeigen, wie es ist, von einem Mann verehrt zu werden, der von ihr besessen ist.

„Es tut mir leid, dass ich an dir gezweifelt habe", sagt Savannah, ihre Stimme ist kaum mehr als ein Flüstern.

„Er hat sich in deinen Kopf gesetzt, das ist alles." Es ist ja nicht so, dass Savannah schon seit Jahren mit mir zusammenarbeitet oder zur Bratva gehört. Sie ist wahrscheinlich am leichtesten zu beeinflussen, und darauf hat dieser dumme Bundesagent gewartet.

Savannah stößt einen schweren Seufzer aus. „Bist du gefährlich?"

Ihre Frage trifft mich unvorbereitet. Ich hatte erwartet, dass sie nach dem Geschäft fragt, ob ich schon mal jemanden ermordet habe, oder was wir als Bratva machen.

„Ich würde dir nie etwas tun, *Kätzchen*", sage ich. „Du brauchst keine Angst vor mir zu haben." Ich weise nicht darauf hin, dass ich keine andere Wahl hätte, als ihr wehzutun, wenn sie mich verraten und meine Geheimnisse an das FBI weitergeben würde.

Ich bin gefährlich.

Rücksichtslos.

Grausam.

Brutal.

In all den Jahren, in denen ich Mikhail und der Bratva treu geblieben bin, hat man mir alle möglichen Namen gegeben. Aber ich töte nicht aus Spaß. Ich bin kein Tier. Meine Entscheidungen sind durchdacht und geplant.

„Aber du bist gefährlich", sagt sie und wendet den Kopf, die Augen auf mich gerichtet.

„Ich werde dich nicht anlügen." Es gibt keinen Grund, ihr die Wahrheit darüber zu verheimlichen, wer ich bin. Der blöde Bundesbeamte hat bereits meine Geheimnisse ausgeplaudert. „Ich habe Dinge getan, auf die ich nicht stolz bin, aber ich beschütze immer zuerst meine Familie."

Was hat er ihr noch erzählt?

Mir dreht sich der Magen um, als ich sie anstarre und mir klar wird, dass sie viel zu viele Klamotten anhat und wenn sie vom FBI belästigt wurde, könnte sie ein Mikrofon tragen.

Auf unserem Weg sind uns keine Fahrzeuge gefolgt. Hier draußen ist meilenweit niemand zu sehen. Aber wenn sie unser Gespräch aufnimmt, könnte sie es an das FBI weitergeben.

Ich muss wissen, dass ich ihr vertrauen kann.

Meine Finger gleiten über ihre Hüften und ihren Bauch hinauf, wo sie eine raue, warme Spur auf ihrer Haut hinterlassen. Ich muss wissen, dass sie nicht verkabelt ist und nichts vor mir zu verbergen hat.

Ich lasse meine Handfläche sanft über ihren Bauch streifen, bevor ich meine Hand unter ihr Shirt führe.

Dort ist genug Platz, um ein Kabel zu befestigen oder in ihren BH zu stecken.

Ich spüre nichts als weiche Haut und höre, wie ihr ein Stöhnen entweicht. „Du würdest mich nie betrügen, *Kätzchen*, oder?"

Meine Handfläche reibt über ihre Brust. Sie trägt einen BH, im Gegensatz zu gestern Abend, als sie nicht angezogen war. Sie trägt kein Kleid sondern eine Jeans statt einer Jogginghose und ein schönes Hemd.

Ich mache mir keine Hoffnungen, dass sie sich für mich so angezogen hat. Das wäre ja lächerlich. Ich kenne das Mädchen kaum, aber ich präge mir jeden Zentimeter ihres Körpers ein, während ich eine ihrer Brüste massiere und mit der anderen Hand ihren BH öffne.

Der Stoff fühlt sich dünn und seidenartig an. Es ist zu dunkel, um zu sehen, wie er unter dem Nachthimmel aussieht. Der Mond ist eine Sichel und wirft kaum Licht durch die Bäume.

Hat sie das für mich angezogen?

Ich befreie sie von ihrem Hemd, schiebe es über ihren Kopf und der BH gleitet von ihren Armen, ohne dass ein Draht zu sehen ist. Ich bin erleichtert, dass sie nicht heimlich mit dem FBI zusammenarbeitet.

Savannah lockert meine Krawatte und öffnet langsam die Knöpfe von meinem Hemd. Ich ziehe meine Anzugjacke aus und lege sie neben uns auf den Boden im Zelt. Ich hätte mir etwas Praktischeres zum Campen anziehen können, aber ich wollte Savannah nicht verraten, wohin wir gehen.

Außerdem ist es ja nicht so, dass wir wandern oder stundenlang auf den Wegen unterwegs sind. Wir packen das Zelt ein, gehen frühstücken und fahren morgen zurück in die Stadt.

Savannah klettert auf meine Hüften und reizt mich, während sie eilig die letzten Knöpfe öffnet und mir mein Hemd auszieht, bevor sie sich herunterbeugt und meine Lippen mit ihren bedeckt.

Sie schmeckt süß, nach Honig und Mandeln. Ich knabbere an ihren Lippen und rolle mich herum, um sie unter mir zu spüren.

Ihre Augen glänzen in der Dunkelheit, als ich meine Hüften hebe, ihre Jeans aufknöpfe und sie nach unten führe und ausziehe. Ihr Höschen ist aus dem gleichen Material wie ihr BH. An den Seiten ist Spitze, vorn ist es aus Seide.

Es juckt in meinen Fingern, ihr das Höschen auszuziehen, aber stattdessen ziehe ich den Moment in die Länge, weil ich ihr Stöhnen und Flehen hören will. Ich mag es, sie unruhig und bedürftig unter meinen Händen zu haben. Es hat etwas Befriedigendes, zu wissen, dass ich sie dazu gebracht habe.

„Anton", säuselt sie meinen Namen mit ihrer warmen, sexy Stimme, die einen Stromstoß in mir auslöst.

Ich möchte sie in Flammen setzen und meinen Namen schreien hören, ohne jegliche Hemmungen. Sie konzentriert sich auf mich, zieht mich aus und hilft mir aus der Hose, damit ich genauso nackt bin wie sie. Ich schiebe meine Hose zur Seite und lasse mich zwischen ihren Schenkeln nieder.

Ihre Fingernägel kratzen an meinem Rücken, während sie vor lauter Vorfreude unruhig wird. Zweifellos ist sie müde und es sind immer noch Glitzerflecken auf ihrer Wange, ihren Haaren und wahrscheinlich überall auf ihrem Körper. Im Club gibt es keine Dusche, und sie hatte keine Zeit, nach

Hause zu gehen und sich zu waschen. Ich werde die nächsten Wochen auch Glitzer an mir sehen und es ist mir scheißegal.

Ich will einfach nur tief in ihr vergraben sein.

Ich sehne mich nach ihrer Berührung, nach ihrem Körper, der sich an meinen schmiegt. Nach unserem gemeinsamen Erlebnis gestern Abend ist sie wie eine Droge, und ich brauche meinen nächsten Schuss.

Wird sie mir geben, was ich so verzweifelt brauche: Sie?

Mein Mund streift ihren Bauch, während ich an ihren Hüften knabbere und küsse und ihr Höschen mit meinen Zähnen nach unten ziehe.

Sie keucht und ihre Finger verheddern sich in meinen Haaren, während sie ihre Hüften anhebt, damit ich ihr das Höschen ausziehen kann. Ich knurre bei ihrem Eifer und erkunde jeden Zentimeter ihres Körpers, schmecke sie und höre ihr leises Keuchen und Flehen, wenn sie um mehr bettelt.

Das Stöhnen und die Geräusche, die sie von sich gibt, machen mich wahnsinnig und es dauert nicht lange, bis sie sich an meine Finger krallt. Ich will tief in ihr vergraben sein. Ich klettere wieder an ihrem Körper hoch und entledige mich des letzten Fetzens meiner Kleidung, meiner Boxershorts. Ich greife nach meiner Brieftasche, um ein Kondom zu holen, bevor ich mich an ihrem Eingang platziere.

Ihre Beine sind angewinkelt und ihre Augen kämpfen darum, geöffnet zu bleiben. Jeder Atemzug ist schwer und rasselnd, während sie auf mich wartet.

Ich will sie nicht erdrücken. Im Vergleich zu mir ist sie zart, süß und perfekt. Ich fülle sie aus und vergrabe mich tief in ihr. Als ich in sie eindringe, stöhnt sie und die Geräusche, die sie macht, machen mich wild.

Jeder Stoß wird intensiver.

Schärfer.

Lebendiger.

Wie Treibstoff, der auf ein Feuer gegossen wird.

Ihre Fingernägel kratzen über meinen Rücken bis hinunter zu meinem Hintern und markieren mich.

Die bevorstehende Explosion bricht über sie herein. Ihr Inneres bebt, sie spannt sich an, zittert und krampft um mich herum. Ich bin bei ihr, am Rand des Vergessens, falle und schnappe nach Luft, während mein Herz gegen meinen Brustkorb schlägt.

Perfektion.

———

Im Laufe der Wochen gibt es kein Zeichen von dem FBI-Mann. Er kehrt nicht in den Club zurück und ich bin jede Nacht in Savannahs Wohnung, um sicherzustellen, dass das FBI ihr nicht folgt. Und als Bonus darf ich mit ihr im Bett verkehren.

Ich habe überlegt, ob ich Mikhail bitten soll, sie tagsüber zu beschatten um sicherzustellen, dass sie nicht belästigt wird, aber das würde bedeuten, dass das FBI ein Problem ist. Und ich will nicht glauben, dass sie es sind. Sie hat dem Agenten James Lexington gesagt, dass sie nicht für sie arbeiten will, und der hat sie in Ruhe gelassen.

Das ist zumindest die Geschichte, die sie mir erzählt hat, und ich habe keinen Beweis für das Gegenteil.

Aber ich bin vorsichtig und misstrauisch.

Denn wenn Savannah nicht für das FBI arbeitet, werden sie einfach ein anderes Mädchen aus dem Club ins Visier nehmen. Ich gehe die Treppe hinauf zu Nikitas Büro.

Ich klopfe und öffne sofort die Tür, als ich ein gedämpftes „Herein" höre.

„Hast du einen Moment Zeit?" ‚frage ich. Ob er nun hat oder nicht, ich störe ihn. Ich habe darüber nachgedacht, ob ich Nikita erzählen soll, dass dieses Wiesel eines unserer Mädchen belästigt. Aber wenn ich es ihm sage, könnte es herauskommen, dass Savannah und ich in den letzten Monaten fast jede Nacht Sex hatten, vielleicht sogar länger.

Ich habe nicht mitgezählt. Ich kann mich nicht an das genaue Datum erinnern, an dem wir uns getroffen haben, nur daran, was passiert ist. Ich bin kein sentimentaler Typ. Ich habe nie den Valentinstag gefeiert oder Blumen als große romantische Geste verschickt.

„Gut, ich wollte mit dir reden", sagt Nikita. „Setz dich." Er deutet auf den Stuhl gegenüber seinem Schreibtisch.

Ich tue, was er mir sagt. Nikita verschränkt seine Hände auf dem Schreibtisch. „Du und Savannah scheint euch nahezustehen."

Wir sind immer die letzten, die gehen, und Savannah kommt früh zur Arbeit. Ich habe immer angenommen, dass sie das tut, um ein paar Minuten mit mir zu verbringen, aber das ist nicht nötig. Sie könnte auch später kommen und ich würde ihr das nicht übel nehmen.

Aber vielleicht sollte ich das tun.

Vielleicht werden die anderen misstrauisch. Ist es das, was Nikita sagt?

„Ich stehe allen Tänzerinnen und Tänzern nahe. Ich möchte, dass sie zu mir kommen können, wenn sie ein Problem haben."

Nikitas Augen verdichten sich. Er glaubt mir nicht ein Wort meines Schwachsinns.

„Gib es zu. Du fickst die neue Angestellte."

„Da liegst du falsch." Die Lüge kommt mir so leicht über die Lippen, dass ich sie gar nicht glauben kann. Das sollte eigentlich egal sein, aber die Vermischung von Geschäft und Vergnügen ist verpönt. Es gibt strenge Regeln, die besagen, dass sich die Tänzer nicht auf das Personal einlassen dürfen.

Mikhail will keine Klage wegen sexueller Belästigung und unzählige Dollar für einen Rechtsstreit ausgeben. Aber Savannah ist nicht hinter unserem Geld her, nicht einmal hinter meinem Geld. Sie ist anders als alle anderen Mädchen, mit denen ich bisher geschlafen habe.

Und ich habe schon eine Menge Frauen erlebt.

„Würdest du den Begriff Dating vorziehen?", scherzt Nikita.

„Du irrst dich." Mein Kiefer ist fest. Ich will nicht, dass Mikhail oder jemand anderes davon erfährt.

Er winkt abweisend mit der Hand. Ich bin mir nicht sicher, ob er davon überzeugt ist, dass wir nur Kollegen sind, aber er fährt nicht mit dem Hinterfragen fort. „Abgesehen davon kommen die Mädchen heute Abend hierher."

„Was?" Seine Bemerkung hat mich unvorbereitet erwischt. Nicht, dass es wichtig wäre, aber ich bin gerne informiert, wenn der Chef in den Club kommt. Es ist, als würde man ihm den roten Teppich ausrollen.

„Madisyn, Hannah und Lucy. Sie feiern Hannahs Verlobung."

„In einem Gentleman Club?"

„Du weißt, dass Mikhail Madisyn an der kurzen Leine hält. Er will, dass die Mädchen sicher sind, und da wir keinen Männerstripclub besitzen, war das die nächstbeste Lösung. Wie auch immer, sie sollen sich willkommen fühlen."

„Ich werde nicht für sie strippen."

Nikita kichert über meine Bemerkung. „Ich habe nicht gefragt. Ich will das nicht sehen, und unsere Kunden auch nicht."

„Gut", sage ich und fahre mir mit der Hand durch die Haare.

„Gab es etwas, das du besprechen wolltest?", fragt Nikita.

„Nichts, was ich nicht regeln kann", sage ich.

Sollte ich erwähnen, dass die Bundespolizei über Savannah versucht hat, an mich heranzukommen? Er wird sauer sein, wenn er es auf andere Weise herausfindet, aber dann muss ich ihm sagen, dass ich mit ihr geschlafen habe.

Ist das alles, was wir tun, miteinander zu schlafen?

Es fühlt sich nach mehr an, aber wir waren vorsichtig und haben es auf meinen Wunsch hin geheim gehalten. Und Überraschenderweise hat Savannah nicht auf mehr gedrängt. Ich hätte gedacht, dass sie meine Freunde kennenlernen möchte oder vorschlägt, bei mir zu übernachten, aber dieses Thema ist nicht einmal aufgetaucht.

Dafür bin ich ihr unendlich dankbar. Ich kann sie ja nicht ins Gelände einladen. Es gibt Regeln für solche Dinge. Nicht, dass sich jemand daran hält. Nikita und Luka scheinen sie zu brechen, und soweit ich weiß, hatte das bei Mikhail keine schlimmen Folgen. Aber sie sind näher an ihm dran als ich.

Ich komme immer auf dem Gelände vorbei, um mich frisch anzuziehen, zu duschen und manchmal ein Nickerchen zu machen, weil die Frau mich die ganze Nacht wach hält. Aber das ist es wert.

Sie ist es wert.

Vielleicht hat Nikita deshalb gemerkt, dass ich mich mit jemandem treffe. Ich komme selten zu einer vernünftigen Zeit zum schlafen nach Hause.

Er hat nicht unrecht, aber ich werde ihm weder das noch etwas anderes gestehen.

„Ich werde den Mädchen einen herzlichen Empfang bereiten", sage ich und verlasse sein Büro, wobei ich scharf ausatme.

Warum bin ich so nervös? Es sollte keine Rolle spielen, wenn er herausfindet, dass ich mit einem der Mädchen zusammen bin. Er wird mich deswegen nicht erschießen. Würde er Savannah feuern oder, noch schlimmer, mich zwingen, sie zu feuern?

Bailey und Ava tanzen auf der Bühne. Chloe, Violet und Missy schlendern durch den Club. Chloe und Violet sprechen mit einer kleinen Gruppe von Männern, flirten, necken sie und laden sie zu einem privaten Tanz ein. Missy tanzt am Tisch für einen unserer Stammgäste. Sie versucht, ihn in die VIP-Lounge zu locken, nicht nur zu einem privaten Tanz.

Savannah ist nirgends zu sehen. Ich vermute, dass sie einem unserer Kunden in einer privaten Kabine einen Lap Dance gibt. Ein Teil von mir möchte hinsehen, oder an den roten Vorhängen vorbeischlendern und den Geräuschen lauschen, die dabei entstehen.

Aber ich sollte sie ihre Arbeit machen lassen, sonst hat Nikita recht: Geschäft und Vergnügen zu vermischen ist schlecht. Er hatte mir das schon früher gesagt, als ich im Club Sage arbeiten sollte. Ich habe ihn immer als Mentor und Freund betrachtet, nicht als meinen knallharten Chef.

Von Madisyn, Hannah und Lucy ist noch nichts zu sehen. Ich werfe einen Blick auf meine Uhr. Nikita hat nicht erwähnt, wann sie kommen werden, aber ich bin mir sicher, dass es jeden Moment so weit sein wird.

Ich gehe zu meinem Büro und nehme meinen Schlüssel, um die Tür aufzuschließen, als ich feststelle, dass sich der Griff leicht drehen lässt.

Sie ist unverschlossen.

Ich reiße die Tür auf und Savannah steht hinter meinem Schreibtisch, die Schublade ist leicht geöffnet und das Hauptbuch ausgebreitet, während sie es begutachtet.

„Was zum Teufel machst du da?"

SIEBEN

SAVANNAH

„Nichts, ich meine..."

Oh Scheiße, ich bin am Arsch.

Ich habe keine vernünftige Ausrede dafür, warum ich in seinem Büro herumschnüffle und das Hauptbuch nach Beweisen durchsucht habe.

Er knallt die Tür hinter sich zu und ich schwöre, dass der Raum wackelt. Die wenigen Bilder an den Wänden wackeln, und das liegt nicht an der Musik, die durch den Club schallt.

„Es ist nicht so, wie du denkst", sage ich und atme ruhig aus. Er muss mir glauben, dass ich ihn nicht verrate, denn er wird mich umbringen, wenn er die Wahrheit erfährt.

„Sag mir, was ich denke", sagt Anton und tritt näher an mich heran. Er überragt mich und blickt kurz zu mir, um seinen Verdacht zu bestätigen, dass ich das Hauptbuch untersucht habe.

Es ist nicht nur irgendein Hauptbuch. Es ist das, was ihn mit der Geldwäsche von Hunderttausenden durch den Club in Verbindung bringt. Ein Club dieser Größe, selbst in New York City, bringt nicht jede Woche einen sechsstelligen Betrag ein.

Oder vielleicht doch, aber sie tun es auf legale Weise.

Der Club Sage hat Dreck am Stecken, und ich kann Anton zur Strecke bringen.

Aber mir dreht sich der Magen um, wenn ich daran denke, dass er herausfindet, wer ich bin und dass ich ihn verraten habe. Es wird nicht leicht sein, aber das habe ich auch nicht erwartet.

„Weißt du noch, als ich dir erzählt habe, dass ich Buchhaltung studiert habe?"

„Wo du im ersten Jahr abgebrochen hast."

Verdammt, er erinnert sich. Wer hat eigentlich gesagt, dass Männer nicht zuhören? Warum konnte Anton nicht einer von diesen Männern sein?

„Ich habe eine Schwäche für Zahlen. Ich schaue sie mir gerne an, untersuche sie und versuche, einen Sinn in ihnen zu sehen. Das ist eine meiner Macken", sage ich und rümpfe die Nase, als ob ich ihm ein Geheimnis verraten würde.

Antons Gesicht verzieht sich nicht. Er lächelt nicht. „Du hast eine Vorliebe für Zahlen?"

Ich bin mir nicht sicher, ob er mir das glaubt.

Verdammt, ich kann es selbst kaum glauben.

„Tabellenkalkulationen, Hauptbücher, all das macht mich an, und wühlt mich auf", sage ich und versuche, seinen Verdacht zu zerstreuen. „Und heute Abend sind viele vermögende Männer da draußen. Ich habe versucht, mich in Stimmung zu bringen, und als du nicht in deinem Büro warst..."

„In das du übrigens eingebrochen bist."

„Das ist nicht wahr." Ich halte den Schlüssel hoch. „Du hast mir vor ein paar Tagen einen Ersatzschlüssel gegeben, damit ich deine

Reisetasche mitnehmen kann, während du unten etwas erledigst."

Er nickt zügig, als würde er meine Lüge glauben.

„Ich bin froh, dass ich dich gefunden habe. Nikita hat mir gesagt, dass heute Abend eine Gruppe von VIPs in den Club kommen wird. Ich möchte, dass du da bist, damit sie sich wie zu Hause fühlen." Anton wirft einen Blick auf seine Uhr. „Sie sollten in Kürze hier sein."

Ich lächle, weil ich nicht weiß, wen ich unterhalten soll. „Natürlich", sage ich. „Ich komme gleich."

Er wartet an der Tür und ich schließe das Buch und tue so, als würde mich der Inhalt nicht so sehr interessieren, wie er es wirklich tut. Es ist ja nicht so, dass ich mein Handy bei mir habe. Ich kann es nirgendwo in meinem Outfit verstecken, um Fotos für das FBI zu machen.

Aber ein Blick darauf gab mir wenigstens ein paar Informationen.

Wenn, ich nur nicht erwischt worden wäre.

Anton schiebt sich an mir vorbei, öffnet seine Schreibtischschublade und schiebt das Buch ziemlich abrupt hinein. Er streckt seine Hand nach dem Ersatzschlüssel aus und reißt ihn aus meiner Hand. „Ich wollte nicht, dass du ihn für immer behältst", sagt er.

„Stimmt, das tut mir leid", sage ich schnell, um mich zu entschuldigen, auch wenn ich es nicht so meine. Aber er muss ja nicht wissen, dass ich es nicht ernst meine.

Er schließt die Schublade ab und befestigt den Schlüssel mit den anderen an seinem Schlüsselbund. Er schlendert zur Tür, öffnet sie und deutet mir mit einer Geste, in den dunklen Flur zu gehen.

Ich atme nervös aus. Er hat keine Anzeichen dafür gezeigt, dass er meinen Verrat bemerkt hat. Vielleicht bin ich dieses Mal der Kugel entkommen, aber ich muss vorsichtiger sein. Ich kann es mir nicht leisten, zweimal erwischt zu werden.

Anton lacht leise vor sich hin. „Sieht so aus, als ob Mikhail sich zu den Damen gesellt", sagt er.

Mikhail.

Er ist der Anführer der Pakhan, der Mann, den ich am liebsten zur Strecke bringen würde, aber er ist auch mit Madisyn liiert, und sie haben ein gemeinsames Kind.

Madisyn Carter war früher als Madisyn Taylor undercover bei der russischen Bratva. Ich weiß nicht, ob sie Mikhail geheiratet hat. Ich habe keinen Kontakt mehr zu ihr, seit sie das Büro verlassen hat.

Aber sie ist die einzige Person, die mich erkennen und die Operation ruinieren kann.

Wir hatten den Club vor der Undercover-Operation monatelang überwacht und sie ist nicht in die Nähe des Clubs gekommen.

Ich erblicke sie in einem Gold-schwarzen Kleid, das ihre Kurven umspielt. Ich habe nie gewusst, dass sie Kleider trägt, vielleicht einen schwarzen Rock zu ihrem Blazer, aber wenn ich sie gesehen habe, war sie immer in FBI-Kleidung. In ihrer Zeit beim FBI haben wir nach einem Fall zusammen etwas getrunken und den Sieg gefeiert.

Aber sie hat die Macht, alles zu zerstören und mich zu töten.

Ich löse mich von Anton. „Ich muss auf die Toilette", sage ich und entziehe mich schnell seinem Griff, während ich zum Badezimmer mit nur einer Toilette eile und die Tür zuschlage.

Ich ignoriere Antons merkwürdigen Blick, während ich mich davonschleiche und ihn allein lasse.

Er sagt etwas, aber es wird von der lauten Musik und der dicken, hölzernen Badezimmertür, die geschlossen ist, übertönt.

Ich atme erleichtert auf.

Aber ich kann mich nicht ewig hier verstecken schon gar nicht die ganze Nacht. Ich könnte vortäuschen, krank zu sein oder, noch schlimmer, mich selbst zum Erbrechen bringen. Es gibt flüssige Handseife, die ich einnehmen könnte, aber das scheint nicht die beste Lösung zu sein.

Ich muss Madisyn einfach aus dem Weg gehen.

Es war immer möglich, dass sie im Club auftauchte, aber Anton hat im Vergleich zu Mikhail einen niedrigen Rang. Wenn ich Dreck über den Pakhan finden würde, wäre ich eine Legende im Büro—und ein Verräter an Madisyn. Aber sie hat diese Brücke abgebrochen, als sie von Mikhail geschwängert wurde.

Ich ziehe eine Grimasse.

Das Gleiche könnte mir auch passieren. Ich habe fast jede Nacht mit Anton gevögelt, obwohl ich die Pille nehme und er ein Kondom benutzt, will ich nicht an die Folgen denken, wenn ich schwanger werden sollte.

Aber ich bin nicht Madisyn.

Ich würde nicht bleiben. Anton ist kein guter Kerl. Er ist nicht der Typ Mann, der mein Kind großziehen sollte.

Und das ist der Unterschied zwischen uns.

Ich kann mich nicht ewig im Badezimmer verstecken. Langsam öffne ich die schwere Holztür schaue hinaus, und bin erleichtert, dass Anton nicht Wache steht. Ich dachte nicht , dass er das tut. Wahrscheinlich ist er mit Mikhail und den Damen, die ihn begleiten, beschäftigt.

Ich werfe einen Blick auf Madisyn in der Lounge, die mit dem Rücken zu mir steht, und schleiche mich an ihr vorbei in Richtung der privaten VIP-Räume.

„Was machst du da?" Antons Stimme hallt in meinem Ohr wider, als er hinter mir steht. Er ist größer als ich, obwohl ich den Größenunterschied schon immer bemerkt habe, überragt er mich und lässt mich klein erscheinen.

Ich drehe mich um, um ihn anzusehen. „Ein Kunde wollte den VIP-Raum benutzen", sage ich mit einem frechen Grinsen. „Ich treffe ihn da drin."

Antons Augen verdichten sich. „Ich dachte, du würdest mir mit den besonderen Gästen des Abends helfen?

„Sobald ich im VIP-Raum fertig bin", sage ich und hoffe, dass ich mir einen der Männer schnappen und ihn überzeugen kann, für das ultimative Erlebnis zu bezahlen.

Ich hatte noch keine Gelegenheit, den VIP-Raum zu benutzen, nur die Kabinen, die noch weniger Privatsphäre bieten, obwohl überall Kameras sind. Privatsphäre ist an diesem Ort nur eine Fassade. Es würde mich nicht wundern, wenn sich das FBI in die Überwachungskameras gehackt und jeden meiner Schritte beobachten würde. Obwohl ich sicher bin, dass es zu meinem Schutz ist.

Gibt es Kameras im Keller des Clubs? Ich habe es noch nicht geschafft, mich nach unten zu schleichen. Der Schlüssel, den Anton mir für sein Büro gegeben hat, funktioniert an keiner anderen Tür. Ich habe es schon versucht. Was ist da unten?

Anton zwingt sich zu einem Lächeln. Er ist nicht erfreut, aber ich kann nicht sagen, ob es daran liegt, dass ich seine Anweisungen nicht befolge oder weil ich im VIP-Raum bin, obwohl es dort keinen Sex geben kann, ist es nicht ungewöhnlich, dass viele andere Dinge passieren.

Ich habe gehört, wie sich die Mädchen in der Umkleidekabine unterhalten haben. Sie tauschten mit den männlichen Gästen Geschichten und Erfahrungen aus, gute wie schlechte. Die meisten Mädchen hassen es, wenn sich ein Paar für ein gemeinsames Zimmer entscheidet, weil die Freundinnen dann oft eifersüchtig werden.

Ist es das, was heute Abend mit Mikhail und Madisyn im Club passieren wird? Wenn Madisyn eifersüchtig wird, wird sie vielleicht gehen und ich kann wieder auf der Tanzfläche arbeiten, wo ich die Gäste unterhalten und auf der Plattform tanzen soll.

Antons Augen funkeln, aber hinter dem Lächeln steckt kein Ärger. Es ist echt. „Ich würde lügen wenn ich sage, dass ich nicht enttäuscht bin. Ich möchte, dass du meine Freunde kennenlernst."

„Das werde ich", sage ich, zwinge mich zu einem Lächeln und drücke seinen Bizeps. „Wenn ich mit dem Kunden fertig bin, treffe ich euch in der Lounge."

Anton schaut sich um und ist sich sicher, dass wir in dem dunklen Flur allein sind. Er stiehlt sich einen Kuss. Er ist lang, heiß und leidenschaftlich. „Halte dich von Ärger fern", warnt er.

Er hat keine Ahnung, in welche Gefahr ich mich begeben habe und wie viel Angst ich davor habe, dass er die Wahrheit herausfinden könnte. Wenn ich mich von Madisyn fernhalten kann, wird alles gut werden.

Er schlendert den Flur entlang in Richtung Lounge und ich atme erleichtert auf und schleiche zurück zu den VIP-Räumen. Ich kann nicht einfach ohne einen Kunden hineingehen, und je länger ich mich allein herumtreibe, desto misstrauischer wird der Sicherheitsdienst und könnte Anton oder Nikita melden, dass ich meinen Job nicht mache.

Sich krankzumelden, wäre einfacher gewesen. Sicherer.

Aber ich bin noch nie auf Nummer sicher gegangen.

Einer der Männer, für den ich früher getanzt habe, ein Stammgast, sieht mich. Er war noch nie schüchtern. Er weiß, was er will und hat keine Angst, darum zu bitten, aber normalerweise lädt er jedes andere Mädchen in den VIP-Bereich ein. Ich bin mir sicher, dass er die Mädchen bevorzugt, die er kennt, oder vielleicht haben sie einfach bessere Moves, weil sie schon viel länger tanzen als ich.

Ich gehe auf ihn zu, um ihm vorzuschlagen, dass wir uns im VIP-Raum amüsieren sollten, als sich ein anderer Herr an mich heranpirscht. Ich schlucke nervös, während ich den älteren Herrn anstarre und mein verführerischstes Lächeln aufsetze.

Supervisory Special Agent Barrett Kingston, mein Chef im Bureau. Er ist derjenige, der die Task- force leitet. Er hat Madisyn undercover geführt und sie Mikhail zugeteilt. Special Agent James Lexington war zwar mein Betreuer, aber er berichtet alles an Agent Barrett.

Ich habe James gesagt, er solle niemals in den Club zurückkehren und er hat meinen Rat befolgt. Aber ich hatte nicht erwartet, Barrett zu treffen.

„Wie viel für einen Tanz?", fragt er und fixiert mich mit seinem Blick. Der Atem wird mir aus der Lunge gesaugt.

„Die VIP-Suite ist offen", sage ich, um mich vor Madisyn und Anton zu retten.

Sein Blick spannt sich und er kennt mich gut genug, um zu sehen, dass ich gestresst bin und versuche, es ihm nicht zu zeigen. „Geh voran", sagt er.

Ich habe keine Lust, für ihn zu tanzen. Alles, was ich tue, während ich verdeckt arbeite, wird unter die Lupe genommen. Nicht, dass das nicht schon der Fall wäre, aber ich spüre seine Augen auf mir und meine Karriere am Abgrund.

ACHT

ANTON

Savannah verhält sich seltsam, seit ich sie in meinem Büro vorgefunden habe. Ich fahre mir mit der Hand durch die Haare. Ich möchte meine Krawatte lockern—der Club ist stickig—aber ich muss gut aussehen.

Mikhail ist hier, zusammen mit den Mädchen.

Und die einzige Person, die ich ihnen zeigen will, scheint kalte Füße bekommen zu haben.

Okay, das ist wahrscheinlich etwas übertrieben. Savannah nimmt einen VIP-Kunden auf, was toll ist, aber warum hat sie mir das nicht gesagt, als ich sie gebeten habe, unsere besonderen Gäste zu unterhalten?

Ich möchte ihr gegenüber nicht misstrauisch werden. Bis heute Abend gab es keinen Hinweis, dass etwas nicht stimmt.

Was hat sie in meinem Büro gesucht? Ich glaube nicht, dass sie etwas für Zahlen übrig hat. Ich habe noch nie gesehen, dass sie sich für etwas interessiert, das mit Mathematik zu tun hat.

Sie hat geschnüffelt, aber ich bin mir nicht sicher, warum.

Wollte sie herausfinden, wie viel die anderen Mädchen verdienen und an den Club zahlen? Ich würde es ihr nicht verübeln, wenn sie neugierig wäre, aber sich mit dem Schlüssel, den ich ihr gegeben habe, in mein Büro zu schleichen, war falsch.

Das Mädchen sollte bestraft werden. Aber wenn ich es Nikita oder Mikhail erzähle, wird sie gefeuert.

Nein, das muss ich selbst regeln, inoffiziell, zu Hause, heute Abend.

Ich gehe in die Umkleidekabine der Frauen. Die Mädchen sind alle auf der Bühne oder unterhalten Kunden. Der Raum ist dunkel und leer. Die Lichter gehen an. Es gibt einen Bewegungssensor, als ich den Raum betrete. Ich gehe zu Savannahs Spind. Es ist nicht schwer, das Schloss zu knacken, und ich ziehe es auf und öffne das Fach.

Es ist nicht viel drin. Ihre Handtasche, ein paar Klamotten und ein Kosmetiktäschchen. Ich stöbere in ihren Sachen, aber es gibt nichts Ungewöhnliches.

Ich bin mir nicht sicher, wonach ich suche, aber ich habe das Gefühl, dass etwas nicht stimmt. Als ob ich die ganze Zeit etwas übersehen hätte.

Die Überprüfung ihres Hintergrunds hat nichts ergeben.

Ich war in ihrer Wohnung. Ich habe gesehen, wo sie wohnt. Was übersehe ich?

Ich schiebe den Inhalt wieder hinein und versuche, ihn unangetastet zu lassen. Ich schließe das Schloss wieder ab und gehe zum Sicherheitsbüro. Ich will mich vergewissern, dass Savannah im VIP-Raum ist.

Ich muss mit meinen Augen sehen, dass sie mich nicht verarscht. Aber warum sollte sie das tun? Will sie nicht für Mädchen tanzen?

Oder vielleicht will sie nicht, dass jemand Fragen über uns beide stellt. Ich habe Mikhail nicht erzählt, dass ich mit der neunen Mitarbeiterin gevögelt habe, aber vielleicht ist sie besorgt, dass sie ihren Job verlieren könnte, wenn er es herausfindet.

Aber das Hauptbuch.

Mein Magen spannt sich an und ich werde das Gefühl nicht los, dass etwas nicht stimmt. Ich komme herein, und sie entschuldigt sich für ihr Verhalten, als wäre es keine große Sache, durch mein Büro zu gehen.

Ich eile ins Sicherheitsbüro, ziehe mein Handy heraus und als die Kamera auf den VIP-Raum zoomt, möchte ich, einen Schnappschuss von ihrem Gesicht um ihn mir zuschicken.

Es gibt bessere Bilder von Savannah, aber die Kamera ist auf dem neuesten Stand der Technik, und ich lade sie auf mein Handy. Ich erkenne den Kunden nicht wieder, aber um diese Jahreszeit haben wir viele fremde Gäste. Es ist Sommer, und wir sind in New York City. Wir sind nicht in einem schäbigen Teil der Stadt. Wir sind stolz auf unser Etablissement.

Als ich aus dem Sicherheitsbüro komme, stoße ich mit Mikhail zusammen.

„Alles in Ordnung?", fragt er und streckt seine Arme aus, um mich zu stützen, damit keiner von uns beiden auf den Hintern fällt.

„Perfekt", sage ich und zwinge mich zu einem Lächeln. Die Galle steigt mir in die Kehle. Ich mache mir umsonst Sorgen. Da bin ich mir sicher. Ich hatte schon seit Ewigkeiten keine Beziehung mehr und ich bin mir sicher, dass Savannah mir einfach unter die Haut gegangen ist.

Ich bin es nicht gewohnt, zu jemandem ehrlich zu sein, schon gar nicht zu einem Mädchen. Und obwohl ich ihr nicht alle meine Geheimnisse erzählt habe, hat sie in letzter Zeit genug davon erfahren.

Mikhail nickt und stellt mein Wort nicht infrage. Ich gehe nach draußen in die Gasse, hole mein Handy heraus und wähle Detective Rylan Scott von der NYPD an. Er ist so dreckig wie nur möglich und steht auf unserer Gehaltsliste. Er ist zwar kein

Mitglied der Bratva, aber ein zuverlässiger Verbündeter.

Ich erwarte nicht, dass er während der Arbeitszeit sein Telefon abnimmt, aber er tut es.

„Hier ist Rylan", sagt er. Die Musik im Hintergrund wird leiser, als ob er den Anruf irgendwo draußen entgegengenommen hätte.

„Rylan, hier ist Anton. Du musst mir einen Gefallen tun."

Er gluckst. „Wann brauchst du Bratva-Typ denn nicht etwas?"

Ich antworte nicht auf seine Frage. „Ich schicke dir ein Foto von einem Mädchen. Ich muss wissen, ob du etwas findest, das über den üblichen Hintergrundcheck hinausgeht, den wir durchgeführt haben."

„Ja, natürlich. Wie dringend ist die Sache?" fragt Rylan. „Ich nehme an, du willst das über inoffizielle Kanäle erledigen."

Wann wollen wir schon, dass etwas, was wir machen, entdeckt wird? „Dafür bezahlen wir dich doch, Rylan."

„Ja, ich werde heute Abend auf dem Heimweg vorbeischauen und die Parameter in das System eingeben. Wenn heute Abend etwas auftaucht, sage ich dir Bescheid. Ansonsten kannst du morgen einen Anruf von mir erwarten."

„Gut."

„Soll ich Mikhail eine Kopie von allem schicken, was wir finden?", fragt Rylan. Es ist nicht üblich, dass er benachrichtigt wird oder aktuelle Informationen haben will, wenn wir es mit Drecksäcken zu tun haben.

„Das ist nicht nötig."

Detective Rylan kichert, als wüsste er, dass ich ihn um einen Gefallen bitte, der über die übliche Bitte hinausgeht. Wahrscheinlich, weil ich ihn weit nach seiner Arbeitszeit anrufe. Es ist fast acht Uhr. Der Mann arbeitet wahrscheinlich keine Minute nach fünf Uhr. Der Club Sage dreht gerade auf, und Rylan ist wahrscheinlich irgendwo in einer schäbigen Bar mit einem Drink. Zum Glück ist er nicht im Club, denn das würde die Situation und meine Stimmung trüben.

Als ich zurück in den Club gehe, ist die Tür zum VIP-Raum noch geschlossen. Bei der lauten Musik höre ich kein einziges Wort aus der Privatsuite. Das ist wahrscheinlich auch besser so.

Ich habe mir geschworen, nie eifersüchtig zu sein. Ich habe mir auch geschworen, mich nicht mit einem der Mädchen einzulassen, die unter mir arbeiten. Ich bin nicht im Geringsten stolz darauf, dass ich Informationen über Savannah einhole und hoffe, dass nichts dabei herauskommt.

Dann kann ich davon ausgehen, dass ihre Neugierde daher rührt, dass sie sehr aufmerksam ist und nicht mit mir spielt.

Die Zweifel lassen mich nicht los, und ich eile am VIP-Bereich vorbei in die Lounge und gehe hinter die Bar. Ich gieße mir einen Whiskey ein, weil ich einen kleinen Schluck benötige, um den Rest des Abends mit Mikhail und den Damen zu überstehen.

Die Mädels sitzen in der Lounge auf dem roten Sofa trinken fruchtige Cocktails und schauen Violet beim Tanzen auf ihrem Tisch zu. Sie ist eine süße Tänzerin mit einem tollen Paar Titten und einem tollen Hintern, aber sie ist nichts im Vergleich zu Savannah.

Ich habe Mitleid mit dem neuen Mädchen.

Sie ist mehr für mich, als nur eine Affäre, es sei denn, die Affäre besteht darin, jede Nacht bei ihr zu übernachten.

Kein Wunder, dass Nikita weiß, dass ich mich mit jemandem treffe. Er hat herausgefunden, wer das ist, und es ist nur eine Frage der Zeit, bis Mikhail darauf besteht, sie zu treffen. Ich möchte sie an meinem Arm vorführen, mit ihr ausgehen und ihr beweisen, dass ich nicht nur ihr Chef bin.

Aber es ist kompliziert, weil sie sich in mein Büro geschlichen und herumgeschnüffelt hat.

Ich versuche zu ignorieren, dass Savannah nirgendwo in Sicht ist. Ich könnte die Kameras beobachten und sehen, was sie tut, aber als ich das letzte Mal nachgesehen habe, war sie im VIP-Raum. Dort wird sie noch eine ganze Weile bleiben; wenn etwas Verdächtiges oder Unangemessenes passiert, wird sich das Sicherheitsteam darum kümmern.

„Kann ich den Damen etwas bringen?" ‚frage ich, als ich mich Mikhail's Gefolge nähere. Er ist jedoch außer Sichtweite verschwunden. Ich vermute, dass er oben in Nikitas Büro ist, um noch ein paar geschäftliche Verpflichtungen zu erledigen.

„Mehr Drinks", sagt Madisyn und zeigt mir ihr leeres Glas.

Lucy versucht aufzustehen und ich werfe ihr einen gezielten Blick zu, damit sie sich wieder hinsetzt. Sie hat heute Abend frei und ist nicht dafür verantwortlich, ihren Freundinnen Getränke zu besorgen. „Gebt mir eure Getränkebestellungen, dann kümmere ich mich darum."

Sie bestellen mädchenhafte, süßen Getränken und ich gehe zum Barkeeper, damit er die Getränke zubereitet. Eine andere Kellnerin liefert die Getränke, während ich durch den Club gehe und sicherstelle, dass alles nach Plan läuft.

Dmitri steht an der Tür Wache. Er kontrolliert keine Ausweise. Das ist die Aufgabe von Viktor.

„Wie läuft's?" frage ich und gehe auf Dmitri zu.

Er steht aufrecht, mit dem Rücken zur Wand, und beobachtet die Tür. „Kürzlich gab es keine Anzeichen von Ärger", sagt er. Die Italiener und Kolumbianer sollten nicht wissen, dass Mikhail heute Abend im Club ist, seine Anwesenheit versetzt uns immer in höchste Alarmbereitschaft.

„Kürzlich?", frage ich.

„Ein Mitarbeiter des Kartells kam an die Tür und versuchte, hereinzukommen. Wir haben ihn abgewiesen."

„Gut." Ich sollte mich bei seinen Worten entspannen, aber heute Abend ist keine Zeit zum Entspannen. Ich bin im Dienst und der Pakhan ist im Club.

Unsere Männer lassen die Anführer der Mafia und des Kartells ständig beobachten. Es wäre dumm, nicht dasselbe von unseren Feinden zu erwarten.

———

Der Club wird bald geschlossen und Mikhail ist bereits mit Madisyn gegangen. Hannah und Lucy fahren mit Nikita zurück, während ich mich umschaue, um sicherzustellen, dass die Türen verschlossen und alle gegangen sind.

Von Savannah ist nichts zu sehen. Normalerweise hält sie sich nach Ladenschluss in meinem Büro oder in der Umkleidekabine auf, wo sich die Mädchen umziehen und zusammenpacken.

In der Umkleidekabine ist das Licht aus. Nirgendwo ist eine Spur von ihr.

Ist sie gegangen, ohne sich zu verabschieden?

Es sollte mir egal sein, aber es ist mir nicht egal. Ich habe nicht einmal ihre Telefonnummer in meinem Handy. Ich könnte einen Blick auf ihren Lebenslauf oder ihre Arbeitsunterlagen werfen, um ihre Nummer zu finden, aber so besessen bin ich nicht.

Vielleicht schaue ich bei ihrer Wohnung vorbei und vergewissere mich, dass sie gut nach Hause gekommen ist.

Wie ist sie nach Hause gekommen? Sie hat kein Auto, und ich fahre sie normalerweise nach Hause. Die U-Bahn ist nicht weit weg, aber ich hasse es, wenn ich daran denke, dass sie um diese Zeit allein durch die Straßen läuft.

Könnte sie mit ihrem VIP-Kunden nach Hause gegangen sein?

Die Galle steigt mir in den Hals.

Nein. Das würde sie nicht tun. So verzweifelt braucht sie kein Geld.

Aber was ist, wenn es nicht ums Geld geht? Was ist, wenn sie den Kunden wirklich mag?

„Gehst du, Chef?" fragt Dmitri, als er seine Schlüssel herauszieht.

„Ja", sage ich und taumle zur Tür. Ich schaue mich draußen um und hoffe, dass sie an meinem Auto wartet.

Sie ist nirgends zu sehen. Ich schließe den Club ab, und Dmitri geht zu seinem Geländewagen, der zwei Häuser weiter geparkt ist.

„Sieht so aus, als würdest du allein nach Hause gehen", sagt er.

Ich räuspere mich und werfe ihm einen strengen Blick zu. „Das neue Mädchen hat sich eine andere Mitfahrgelegenheit gesucht", sage ich. „Ich habe sie nur zur U-Bahn gebracht."

„Klar, hast du das. Mach dir keine Sorgen, Chef. Das geht mich nichts an."

„Verdammt, richtig", murmle ich. Ich schließe die Tür auf und klettere auf denFahrersitz.

Ich warte, bis Dmitri den Parkplatz verlässt, bevor ich zu Savannahs Wohnung fahre. Es ist schon spät. Ich sollte nach Hause gehen, aber ich kann nicht aufhören, sie zu besuchen und nachzusehen, wie es ihr geht. Ich muss wissen, dass sie in Sicherheit ist und vor allem, dass sie allein ist.

Mein Blut kocht bei dem Gedanken, dass sie den Kunden mit nach Hause genommen haben könnte. Mein Mund ist trocken und ich gebe Gas, denn ich muss so schnell wie möglich durch die Stadt zu ihrer Wohnung kommen.

Was ist, wenn sie nicht zu Hause ist?

Oder noch schlimmer, was, wenn sie mit ihm nach Hause gegangen ist?

NEUN

SAVANNAH

Zuvor im VIP-Raum

„Ich ziehe dich ab", sagt Agent Kingston und besteht darauf, dass ich von dem Auftrag befreit werde.

Ich hätte ihm wahrscheinlich nicht sagen sollen, dass Madisyn auf der anderen Seite der Wand im Aufenthaltsraum ist. Zum Glück sind wir uns nicht begegnet; Glück gehabt, denke ich. Aber das ändert nichts an der unmittelbaren Situation. In dem Moment, in dem ich den VIP-Raum verlasse, wird von mir erwartet, dass ich für Antons Freunde und Kollegen tanze.

Madisyn wird mich erkennen und meine Tarnung wird auffliegen.

„Du kannst mich nicht abziehen, noch nicht. Er vertraut mir. Ich habe heute Abend schon einen Blick in das Hauptbuch geworfen."

„Einen Blick?" Er zieht eine Augenbraue hoch, während er sich auf das Sofa setzt und die Arme auf der Lehne ausbreitet.

Ich setze mich ihm gegenüber an die Tischkante und schlüpfe aus meinen Schuhen. Das ist zwar gegen die Regeln, aber ich glaube nicht, dass jemand wegen eines kleinen Ausrutschers die Tür eintreten wird. Ich strecke meine Beine aus und lege meine Füße auf seinen Schoß.

„Fang an zureiben", sage ich mit einem schiefen Grinsen und lasse mir von ihm die Zehen massieren.

Wenn jemand auf die Monitore schaut, kann er denken, dass es sein Ding ist. Er kichert leise, aber er reibt meine Füße und kommt meiner Bitte nach. Die Aufnahmen der Überwachungskamera sehen aus, als würden sich zwei Menschen unterhalten. Die Musik ist laut genug, dass niemand unser Gespräch belauschen kann, anders als hinter dem Vorhang, wo die Wachen nur ein paar Meter entfernt sind.

„Was hat es mit dem Hauptbuch auf sich?", fragt Barrett. Seine Augen sind auf mich gerichtet, während er die Spannung aus meinen Füßen arbeitet.

Fast möchte ich mich zurückziehen, die Geste ist für meinem Vorgesetzten viel zu intim, aber es gibt Schlimmeres, was ich für ihn hier tun müsste.

„Anton kam herein und hat mich beim Lesen erwischt", sage ich.

„Scheiße", murmelt Barrett und stößt einen schweren Seufzer aus. „Wir sollten dich abziehen."

„Was? Nein, ist schon in Ordnung. Wenn er etwas geahnt hätte, wäre ich schon tot." Ich kann nicht anders, als mir Sorgen zu machen, denn je länger ich Anton meide, desto schlimmer könnte sein Verdacht werden. Ich werde auf keinen Fall in den Aufenthaltsraum gehen, wo Madisyn mit ihren neuen Freunden ist.

„Und das beunruhigt dich nicht?", fragt Barrett.

„Natürlich tut es das, aber ich habe das hier im Griff. Er vertraut mir. Gib mir noch ein bisschen Zeit."

Barrett nickt und blickt in die Kamera. Er schenkt mir seine ungeteilte Aufmerksamkeit, als wäre ich sein Preis. Ich nehme an, für den Betrag, den er für meine Fußmassage bezahlt, sollte er so tun, als wäre er von dem, was zwischen uns passiert, schwer begeistert.

„Hast du Fotos von dem Buch gemacht?"

„Nicht möglich in diesem kleinen Ensemble. Ich kann nirgendwo mein Handy oder eine andere Kamera verstecken."

Barrett widerspricht nicht, denn er weiß, dass ich recht habe. „Ich werde dich heute Abend nicht aus den Augen lassen. Wenn deine Schicht vorbei ist, fahre ich dich nach Hause."

Er weiß nichts von der Vereinbarung zwischen Anton und mir, dass der Bratva-Chef mich jeden Abend nach der Arbeit nach Hause fährt. Und wenn ich es ihm sagen würde, werde ich aus den Ermittlungen rausfliegen.

Mit Anton zu schlafen, war nicht Teil der offiziellen Abmachung. Ich bereue es nicht, nicht einmal ein klein wenig.

„Bezahlst du für den VIP-Raum bis zur Schließung?" So sehr ich auch nicht mit Barrett für die nächsten paar Stunden eingesperrt sein will, kann ich Madisyn nicht ins Gesicht sehen. Die andere Möglichkeit ist, mich krank zu stellen und für die Nacht zu verschwinden.

„Ich habe die Kreditkarte des Büros", sagt Barrett mit einem schiefen Grinsen.

Ich gluckse leise vor mich hin. „Gut, aber ich werde dir keinen Lap Dance geben." Ich will gar nicht daran denken, was ich mit James zu tun hatte. Barrett ist ein aufrechter Kerl. Er würde sich mir nie aufdrängen. Er ist praktisch verheiratet, auch wenn es um seinen Job geht.

———

Barretts Handy klingelt, als er vom Parkplatz des Clubs Sage wegfährt. „Kingston", antwortet er.

Das Telefon ist sofort auf Freisprechen gestellt und es dröhnt aus den Lautsprechern. Barrett hat kein bisschen Privatsphäre. Nach den letzten Stunden, in denen wir VIP gespielt haben, passt das hervorragend.

„Ein New Yorker Detective hat gerade Informationen über den Decknamen Savannah Parker überprüft", sagt Dalia. Sie ist die neue Mitarbeiterin und wurde von einer anderen Abteilung zu uns versetzt, nachdem Madisyn die Abteilung verlassen hat.

„Was haben sie gesehen?", fragt Barrett, als er sich vom Club entfernt.

„Wir haben alle möglichen Daten gesäubert und mithilfe von Savannahs Alias sind ein paar Artikel aufgetaucht, die wir ihr untergeschoben haben, aber da ist noch etwas anderes", sagt Dalia, als ihre Stimme abbricht.

„Was ist es?" Barrett wirft mir einen Blick zu und zieht die Stirn in Falten, bevor er seine Aufmerksamkeit wieder auf die Straße richtet.

„Der Detektiv hat ein Foto von Savannah benutzt, um die Datenbank zu durchsuchen. Es ist möglich, dass er auf ihren Status beim FBI aufmerksam wird, wenn er ihr Bild durch alle Kanäle laufen lässt."

„Verdammt!" Er schlägt mit der Faust gegen das Lenkrad und biegt an der nächsten Kreuzung scharf ab. Fluchend schüttelt er den Kopf, sichtlich verärgert über diese neue Enthüllung.

„Ich bin sicher, dass es in Ordnung ist", sage ich. Zumindest hoffe ich das. Ich streiche mit den Fingern über meine Jeans. Meine Hände sind schwitzig.

Ich habe mich schnell umgezogen und bin als eines der ersten Mädchen rausgeschlichen, als der Club schloss.

Agent Kingston fährt weiter weg von der Wohnung, die ich vorübergehend für den Undercover-Einsatz gemietet habe. „Meine Wohnung ist da drüben", sage ich und zeige in die andere Richtung.

„Ich bringe dich nicht dorthin zurück, wo du undercover arbeitest. Du bist raus aus dem Job", sagt Barrett.

„Was?" Ich kann nicht glauben, dass ich ihn richtig verstanden habe. Er ist bis zum Schluss mit mir im VIP-Raum geblieben und hat für jede gemeinsame Minute bezahlt, nur damit ich den Auftrag nicht verliere. Das ergibt doch keinen Sinn.

„Bis morgen früh wird Anton wissen, dass du ein Bundesagent bist. Ich werde dein Leben nicht riskieren."

Dalia räuspert sich. „Sir, wenn ich darf...", beginnt sie und unterbricht ihn, „es ist möglich, dass wir jede Kommunikation abfangen, die Anton per SMS oder E-Mail sehen könnte. Außerdem habe ich bereits die Hauptdatenbank durchforstet, um den Zugriff des Detektivs auf Savannahs Daten zu sperren und zu löschen. Er konnte nur ihr Bild mit ihrer Dienstmarkennummer in einer breiten Suche sehen."

„Haben wir das nicht bedacht, bevor wir undercover gegangen sind?", frage ich, ohne die Situation zu verstehen. Das Technikteam sollte alles entfernen, was leicht identifizierbar war, und eine Spur legen, die meinem Decknamen folgt.

„Ja, aber wir haben nicht damit gerechnet, dass die NYPD mit der Bratva zusammenarbeitet", sagt Barrett. „Wir haben nicht genug, um Detective Rylan Scott mit etwas Belastendem in Verbindung zu bringen, aber es ist offensichtlich, dass es eine Verbindung zwischen ihm und den Russen gibt."

Mir schwirrt der Kopf, als ich versuche, mir einen Reim darauf zu machen. „Ist meine Tarnung aufgeflogen?", frage ich. Das ist alles, was ich wissen muss.

Barrett wartet darauf, dass Dalia die Frage beantwortet, weil er ihre Meinung hören will.

„Es ist höchst unwahrscheinlich, dass Detective Scott auf dem Dienstweg Zugang zu deiner Akte hatte."

Ihre Worte bleiben in der Luft hängen. Sie sind so schwer wie ein Bleiballon. „Und was ist mit den inoffiziellen Kanälen?"

„Ich habe alles in der Datenbank gesäubert. Die sozialen Medien sind ein größerer Ozean, aber ich kann dir versichern, dass wir alles, was wir im Internet gefunden haben, mit einer umgekehrten Bildersuche herausgesucht haben", sagt Dalia.

Ich möchte glauben, dass sie genug getan hat, um meine Tarnung zu schützen. Vor Jahren, als die sozialen Medien noch nicht so verbreitet waren, war es nicht so schwierig, undercover zu gehen. Dieselben technischen Programme in Kombination mit Gesichtserkennungssoftware erleichtern es , die Vergangenheit einer Person zu überprüfen.

Ich bin ehrlich gesagt überrascht, dass die Bratva kein eigenes System hat und dass sie die Hilfe eines kleinen Detektivs in Anspruch nimmt, es sei denn, Anton kontaktiert seine Leute nicht.

Er hat ihnen noch nicht verraten, dass wir miteinander geschlafen haben.

Es ist ja nicht so, dass ich meinen Vorgesetzten gestanden habe, dass ich mit dem Mann geschlafen habe. Wir alle haben unsere Geheimnisse, und die meisten von uns sind bereit, sie mit ins Grab zu nehmen, wenn es sein muss.

„Wenn Dalia sagt, dass ich in Sicherheit bin, dann vertraue ich ihr."

Barrett hält den Mund und ich bin mir sicher, dass er sich fragt, wie ich dem neuen Mädchen mehr vertrauen kann als dem Kollegen, mit dem ich die meiste Zeit meiner Karriere gearbeitet habe. Ganz einfach, ich will diesen Auftrag behalten , und sie erlaubt mir, undercover zu bleiben.

„Ich rate dir davon ab, aber ich werde dich nicht abziehen", sagt Barrett. „Aber ich kann nicht in den

Club zurückkehren. Du musst die Informationen an einem neuen Treffpunkt an mich weitergeben."

„Das sollte Dalia sein", sage ich. „Du warst doch im Club. Wenn Anton oder einer seiner Männer mich beobachtet, werden sie dich wiedererkennen. Genau wie sie es bei James getan haben."

„Gut", grummelt Barrett. „Gibt es einen Ort, an dem du einmal pro Woche hingehst, ohne Verdacht zu schöpfen? Abgesehen von deinem Kaffeebesuch?" Das fällt nach dem Vorfall mit James weg.

„Ich esse mittwochs in einem kleinen chinesischen Restaurant zu Mittag. Wir können uns dort treffen."

„Ich werde es überprüfen lassen", sagt Dalia.

Wir legen das Telefonat mit Dalia auf und Agent Kingston macht sich auf den Weg zu der Wohnung, in der ich während meines Undercover-Einsatzes gewohnt habe. Es ist dunkel und verdammt spät. Draußen gibt es kaum einen Parkplatz.

„Soll ich dich hineinbegleiten?", bietet er an und hält vor dem Gebäude an.

„Ich komme schon klar." Ich klettere aus dem Auto und gehe durch die Haupttüren. Ich gehe in den fünften Stock und ziehe meine Schlüssel aus der Handtasche, als ich in der Dunkelheit einen Schatten sehe.

Es ist nicht nur ein Schatten.

Anton wartet auf mich.

Ich atme scharf ein und lache nervös. „Ich habe nicht damit gerechnet, dich heute Abend zu sehen", sage ich. Er weiß nicht, dass ich beim FBI bin.

Er kann es auch nicht wissen, denn wenn er es wüsste, würde er sich mit mir in meiner Wohnung auf Leben und Tod streiten.

„Ja, ich auch nicht", sagt Anton. Er lächelt nicht. Es ist kein Hauch von Humor hinter seinen Augen. „Darf ich hereinkommen?"

Ich habe den Eindruck, dass das keine Frage ist.

„Ja, natürlich."

Als ich an der Türklinke herumfummle, ist er mir praktisch auf den Fersen und überragt mich. Ich kann mir die Angst nicht erklären, die jeden Zentimeter meines Körpers durchströmt. Mein Herz klopft wie wild gegen meine Brust und mein Atem geht schneller.

Ich kann nicht zulassen, dass er merkt, dass ich nervös bin, denn wenn er nicht ohnehin schon misstrauisch ist, würde das jede nur erdenkliche rote Fahne hissen.

„Du hast heute Abend nicht auf mich gewartet", sagt Anton.

Seit dem ersten Tag, an dem ich eingestellt wurde, hat Anton mich nach Hause gefahren. Und seitdem ist er fast jede Nacht in meinem Bett gewesen.

„Du hast erwähnt, dass du Freunde im Club zu Besuch hast. Ich wollte mich nicht aufdrängen." Diese Lüge lässt sich leicht herunterleiern, während ich die Wohnungstür aufschließe und das Licht anmache.

Anton ist schon drin und schließt die Tür, bevor ich mich umdrehen kann, um seinem Blick zu begegnen.

„Ich habe auch erwähnt, dass ich möchte, dass du sie kennenlernst und die Damen unterhältst. Hast du das vergessen?"

Ich lächle und entspanne meine Schultern. Er hat weder eine Waffe gezogen, noch bedroht er mich.

Wenn ich schuldbewusst aussehe, wird er wissen, dass etwas nicht stimmt.

„Einer der Kunden wollte mich die ganze Nacht im VIP-Raum haben. Er hat auch ziemlich viel Trinkgeld gegeben. Ich habe heute Abend mehr verdient als je zuvor." Das ist nicht unwahr. Ich habe ihn gezwungen, mir weit mehr als den üblichen Preis zu zahlen, weil ich keine anderen Kunden hatte. Das Büro wird den Betrag, den ich im Club ausgegeben habe, infrage stellen, aber sie werden ihn durchgehen lassen, weil das alles Teil des Auftrags ist.

Außerdem bekommt der Club einen Teil meines Anteils, und wenn ich mit einem einzigen Kunden, der die ganze Nacht für meine Zeit bezahlt hat, nicht genug verdiene, sieht das verdächtig aus.

„Ein Stammkunde?", fragt Anton. Er zieht die Stirn in Falten.

„Das glaube ich nicht", sage ich. Es hat keinen Sinn, zu lügen. Er kann es morgen auf den Kameras sehen, wenn er nicht schon im Club einen Blick auf Kingston geworfen hat.

Anton schließt die Tür ab und wirft einen Blick zu mir rüber. „Du musst ja einen ziemlichen Eindruck hinterlassen haben."

Ich schlüpfe aus meinen Schuhen und lasse meine Handtasche neben der Eingangstür fallen. „Darum geht es doch, oder?" Ich lächle und drehe mich um, meine Finger verheddern sich in seinen Haaren und ich ziehe ihn dicht an mich heran.

Sein Atem kitzelt meinen Hals, während er seine Arme um meine Taille schlingt und mich fest an sich drückt. „Sag mir, was du wirklich in meinem Büro gemacht hast, Kätzchen."

Ich möchte mich zurückziehen, weglaufen und Abstand zwischen uns halten, aber dieser Abstand würde nur noch mehr Fragen aufwerfen. Ich will nicht zerstören, was ich erreicht habe, das Anton mir vertraut.

„Du hast recht. Ich habe dich angelogen", flüstere ich.

Er fasst mir an den Kiefer und seine Augen bohren sich in meine. „Sag mir die Wahrheit." Seine Worte sind ein Befehl, und ich atme leise aus.

„Die Mädchen haben darüber gesprochen, was sie jede Nacht verdienen. Dass sie den Club fürs Tanzen bezahlen müssen und ich habe ihnen nicht geglaubt, als sie mir sagten, dass sie dir nur zehn Prozent zahlen."

„Ich wette, Bailey hat dir das erzählt", sagt Anton.

Bailey scheint die lautstärkste der Gruppe zu sein und so viel Ärger wie möglich zu machen. Da sie die Neue ist, richtet sich ihre Belästigung in der Regel eher gegen mich als gegen die anderen. Ich frage mich allerdings, wen sie belästigt hat, bevor ich eingestellt wurde.

„Ist das wahr?", frage ich und schaue mit großen Augen auf.

Ich hatte gehört, wie die Mädchen über ihre Gehälter sprachen und wie sie kein Geld vor den Besitzern verstecken konnten. Deshalb dürfen sie auch keine kniehohen Stiefel tragen, weil sie einen Teil ihres Trinkgeldes an den Club abführen.

Mein Anteil war viel mehr als zehn Prozent. Aber das macht nichts, denn alles, was ich beim Tanzen verdiene, geht direkt an das Büro. Zumindest alles, was ich nicht für Undercover-Aktivitäten ausgebe.

Es ist ja nicht so, dass ich meine Kreditkarten mit mir herumtragen kann.

„Lüg mich nie wieder an", sagt Anton. Seine Hand bleibt fest auf meinem Kiefer und wird langsam nach unten geführt.

„Ich schwöre, das werde ich nicht." Die Worte sprudeln nur so aus mir heraus, bevor ich merke, dass das Versprechen, das ich gegeben habe, unweigerlich gebrochen werden wird.

Es sollte keine Rolle spielen. Was wir haben, ist nicht real, aber ich will nicht, dass es aufhört. Der Gedanke daran, von den Ermittlungen abgezogen zu werden, verbrennt mich innerlich.

Ich atme scharf ein und erwarte, dass er mir die Luft abschneidet, aber seine Hand legt sich nicht um meinen Hals. Er zieht mich näher zu sich, presst seine Lippen auf meine und fordert, was er will, aber nicht mit Worten, sondern mit Taten.

Antons Handy surrt in seiner Hosentasche. „Ich sollte rangehen", flüstert er zwischen zwei Küssen. „Es ist schon spät. Wer auch immer anruft, es muss wichtig sein."

Er nimmt den Anruf entgegen und hält das Telefon an sein Ohr. Ich versuche, ihn nicht anzustarren und gehe ein paar Schritte zurück, um ihm ein Zeichen zu geben, mir ins Schlafzimmer zu folgen.

Anton bleibt stehen, und in seinem Blick flackert ein Feuer, in dem die Erkenntnis des Verrats lodert.

„Ich verstehe", sagt Anton zu dem Anrufer. Ich kann nicht hören, was am anderen Ende der Leitung gesagt wird, aber die Zuversicht von Dalia, meine Tarnung zu schützen, sinkt.

Er stürmt auf mich zu und legt das Telefon weg, während er mir eine Waffe an die Stirn hält. Ich habe nicht einmal gesehen, dass er die Waffe an der Hüfte trug und auch nicht, wie er sie herausholte, aber ich höre, wie sie entsichert wird.

„Du bist ein verdammter FBI-Agent", knurrt Anton.

ZEHN

ANTON

Das war der letzte Anruf, den ich erwartet hatte: Detective Rylan Scott teilte mir mit, dass das Mädchen, dessen Bild ich ihm geschickt hatte, eine Bundesagentin ist.

Sie hat mit mir gespielt.

Schlimmer noch, ich dachte, dass sie Gefühle für mich hat, dass sie ehrlich sind und nicht das Geringste mit ihrem Job zu tun haben. Jetzt verstehe ich, warum sie mir gerne den Gefallen getan hat, unsere Beziehung geheim zu halten.

Es hätte ihr kleines Spiel ruinieren können.

„Worauf bist du aus?", frage ich, die Waffe auf ihre Schläfe gerichtet. Meine rechte Hand ist am Abzug und meine linke hat sie im Nacken gepackt. Sie wird nirgendwo hingehen.

Mein Instinkt war richtig, egal ,wie sehr ich mir wünschte, dass er falsch wäre. Als ich sie in meinem Büro sah, als sie das Hauptbuch untersuchte, schien alles zusammenzubrechen. Ich dachte, mir wird schlecht , aber ich schob meine Bedenken beiseite und schluckte meinen Stolz herunter, so gut ich konnte.

Jetzt könnte ich mir in den Hintern zu beißen.

„Es ist nicht so, wie du denkst", flüstert Savannah und starrt mich an. Ihre rubinroten Lippen sind zusammengepresst und jeder Atemzug kommt gehaucht heraus.

Versucht sie, mich zu erregen, um meine Sinne zu betäuben? Das wird nicht funktionieren.

„Versuchen Sie es mit mir, Agent Savannah Blakely", sage ich angewidert. Ihren Vornamen hat sie beibehalten, aber sie hat sich als Savannah Parker ausgegeben. Ihr Name ist nicht die einzige Lüge. „Das ist nicht dein richtiges Zuhause, oder?"

Ich schaue mich in den kahlen Wänden um. Der frische Anstrich ergibt plötzlich einen Sinn. Sie ist hierhergezogen, um undercover zu arbeiten. Das ist nicht ihr Zuhause.

„Ich bin dein Ziel." Mir wird klar, dass ich nichts weiter als ein Mittel zum Zweck bin. „Willst du mich oder die ganze Organisation, für die ich arbeite, zu Fall bringen?" Ich stoße die Waffe weiter gegen ihre Schläfe.

„Ich wollte dich nie verletzen", sagt Savannah.

„Und du denkst , dass ich dir noch glauben könnte? Nach all den Lügen, die du aufgetischt hast", lache ich düster und ziehe sie zurück, als hätte sie mich verbrannt. Ich drücke sie auf das Sofa und zwinge sie, sich zu setzen. „Hände auf den Schoß, Gesicht nach oben." Ich durchsuche sie, und obwohl es keine offensichtlichen Anzeichen für eine Waffe gibt, hat sie, als Bundesagentin , eine Menge Nahkampftraining hinter sich.

Sie kommt mir entgegen, setzt sich auf das Sofa und starrt zu mir hoch. „Beabsichtigst du mich umbringen?", fragt sie, „denn in der ganzen Wohnung sind Kameras."

„Du bist ein schlechter Lügner." In ihrer Wohnung gibt es keine Überwachung oder Wanzen. Ich habe einen unserer Leute die Wohnung überprüfen lassen, nachdem sie mir von dem FBI-Agenten im Club erzählt hatte. War das alles eine Lüge gewesen?

War er einer ihrer Kollegen?

Ich entsichere die Waffe und senke sie, aber ich setze mich nicht hin, sondern gehe weiter vor dem Sofa auf und ab. „Welche Informationen hast du dem FBI gegeben?" Ich muss wissen, was sie getan hat.

Wie viel Chaos habe ich angerichtet? Habe ich Mikhail, Nikita und die anderen Mitglieder der Bratva belastet oder nur mich selbst?

„Nichts", sagt sie und starrt mich mit diesen kristallblauen Augen an.

Ich sollte abdrücken, die Putzkolonne rufen und mit ihr fertig werden. Aber aus irgendeinem Grund habe ich den Lauf gesenkt und schaffe es nicht, ihn wieder auf ihre Stirn zu richten.

„Du lügst", sage ich und trete näher an das Sofa heran, sodass meine Knie an ihre stoßen.

„Tue ich nicht", sagt Savannah. „Ich habe einen Blick in dein Hauptbuch geworfen, aber ich habe keine Kopien davon gemacht. Das konnte ich dir nicht antun."

„Weil du erwischt wurdest." Ihre Rechtfertigung passt mir nicht in den Kram. Ich bin ihr völlig egal. Es ging ihr nie um mich, nur darum, mich zu benutzen. Es wäre einfach, sie zu töten, und ich bin kein Mann der vergibt, ich kann ihr aber nicht wehtun.

Ich hasse es, dass ich mich um sie sorge.

Ihre Zunge schiebt sich bis zum Lippenwinkel vor, bevor sie sich wieder zurückzieht. „Trotzdem hat das FBI nichts gegen dich in der Hand."

„Was ist mit Mikhail und Nikita?" Hat sie etwas gegen sie in der Hand?

Sie schüttelt den Kopf. „Nur mein Wissen über das Hauptbuch, aber das ist nichts, was vor Gericht ohne Beweise Bestand hätte."

Ich hätte Savannah nie vertrauen dürfen. Es war dumm von mir ihr den Schlüssel zu meinem Büro auszuhändigen. Ich habe den größten Fehler gemacht und ihr vertraut.

„Der Mann heute Abend, der VIP-Kunde, war ein Bundesbeamter, nicht wahr?"

Wortlos nickt sie.

„Und du hast ihm von mir erzählt." Ich kann nur vermuten, dass sie alles, was zwischen uns passiert ist, an ihren Kollegen oder Chef weitergegeben hat.

„Nicht alles." Ihre Stimme ist kaum mehr als ein Flüstern.

„Was meinst du mit ,nicht alles'?" Sie weicht der Frage aus. Und warum?

Sie presst die Lippen aufeinander und schaut zu mir hoch. „Ich habe nicht verraten, dass wir miteinander geschlafen haben."

„Und warum nicht?" Ich dränge sie weiter. „Du hast mit mir geschlafen, in der Hoffnung, mein Vertrauen zu gewinnen und Informationen zu sammeln. Warum sollte das FBI nicht stolz auf dich sein?"

„So war es nicht", sagt Savannah und steht auf, um von mir wegzugehen und Abstand zu halten.

„Setz dich wieder hin!" Ich weiß nicht, worauf sie hinaus will, und ich werde nicht zulassen, dass sie nach einer Pistole oder einer anderen Waffe greift, die sie vielleicht versteckt hat.

„Du kannst mich nicht herumkommandieren, Anton", sagt sie und verschränkt die Arme vor der Brust.

Zumindest ihrer Haltung nach zu urteilen, greift sie nicht nach einer Waffe. Sie ist defensiv und wütend. Als wäre ich derjenige, der für ihr Verhalten verantwortlich ist.

„Ich werde den Teufel tun . Du arbeitest für mich, *Kätzchen*. Du gehörst mir."

Sie spottet und blickt mich von oben bis unten an. „Falls du es vergessen hast, der Job war eine Tarnung. Ich arbeite nicht für die Bratva."

Ich schließe den Abstand zwischen uns. Meine Finger greifen in ihr Haar und ziehen ihr Gesicht dicht an meins. „Das ist der erste Fehler, den du gemacht hast: Du hast geglaubt, du kannst kommen und gehen, wie du willst."

Ich sollte sie gehen lassen, Nikita sagen, dass sie woanders einen anderen Job hat und die Tatsache, dass sie Bundesagentin ist, geheim halten. Ich bin gut darin, Dinge für mich zu behalten.

Aber ich will nicht, dass sie mich oder den Job verlässt.

„Wenn du die Familie verrätst, wird Mikhail deinen Tod anordnen", sage ich. „Aber ich habe eine andere Idee." Es ist gefährlich, sie auch nur vorzuschlagen. Ich sehe aber keine andere Möglichkeit. „Du arbeitest weiter für die Bratva, aber anstatt dich auf die Bratva zu konzentrieren, gibst du ihnen Informationen über das kolumbianische Kartell. Wenn die Zeit reif ist, kümmere ich mich um Mikhail."

Ihre Augenbraue zieht sich zusammen und sie scheint sich bei meinem Vorschlag zu entspannen. „Wie soll das funktionieren?"

„Du wirst dich ihnen ausliefern", sage ich. „Und du bringst alles, was du unter ihrem Dach findest, zum FBI."

Ihr Mund verzieht sich schon bei meinem Vorschlag. „Das klingt gefährlich."

„Das ist es auch", sage ich und weigere mich, das, was ich von ihr verlange, zu beschönigen. „Wenn sie herausfinden, dass du eine Bundesagentin bist, bist du tot. Es gibt nicht viele andere Möglichkeiten.

Entweder du kehrst mit leeren Händen zum FBI zurück oder deine Arbeit ist erledigt. Wir gehen getrennte Wege und sehen uns nie wieder, oder du infiltrierst das Kartell."

Sie lehnt sich mit dem Rücken gegen die Wand. „Woher weißt du, dass ich dich nicht verrate und all deine Geheimnisse dem Kartell erzähle?"

„Ich werde dich persönlich umbringen."

Es gibt nicht viel, was sie bereits über die Bratva weiß. Da wir unsere Beziehung geheim gehalten haben, kann sie natürlich nicht einfach durch das Eingangstor des Kartellgeländes spazieren. Sie hätte es öffentlich machen müssen, um es durchziehen zu können.

Was ich vorschlage, kommt einem Selbstmordkommando gleich.

Aber wenigstens bin ich nicht derjenige, der den Abzug drückt. Ihr Blut wird nicht an meinen Händen kleben.

„Und dein Chef? Wird er nicht misstrauisch werden, wenn eine der Tänzerinnen plötzlich mit dem Kartell abhängt?"

„Du überlässt Nikita und Mikhail mir", sage ich.

———————

Ich verlasse ihre Wohnung, mein Kopf ist wie benebelt. Noch einmal mit ihr zu schlafen, kommt nicht infrage.

Sie ist der Feind. Aber gibt es einen besseren Weg, mit dem Feind umzugehen, als sie zu benutzen, um meine eigenen Ziele zu erreichen?

Mikhail wäre stolz darauf, einen weiteren FBI-Agenten aus dem Bureau zu werfen. Allerdings hat sie weder ihren Kollegen noch ihrem Auftrag den Rücken gekehrt. Sie hat sich nur auf das Kartell konzentriert.

Ich hätte ihr einfach eine Kugel in den Kopf jagen sollen.

Bei jeder anderen Tänzerin hätte ich mir das nicht zweimal überlegt, aber Savannah hat etwas in mir ausgelöst. Es ist nicht nur der Sex, auch wenn es ein großer Teil davon ist. Wenn ich in ihrer Nähe bin, fühlt es sich an als würde ich in der Luft schweben.

Ich schiebe es auf den Sex und die Lust.

Aber jetzt, wo ich weiß, wer sie ist, eine Verräterin an der Bratva, ist der Sex vom Tisch. Ich gebe ihr eine Chance, sich reinzuwaschen und ihre Loyalität zu beweisen.

Sie muss das Kartell infiltrieren.

Wenn sie das nicht tut, habe ich keine andere Wahl, als ihr Leben zu beenden.

So eine Schande.

Ich schleiche mich fünf Stockwerke hinunter zu meinem Auto, das um die Ecke parkt. Ich klettere auf den Beifahrersitz, aber ich fahre nirgendwo hin. Ich konzentriere mich auf ihr Gebäude, genauer gesagt auf ihre Wohnung. In ihrer Wohnung ist das Licht noch an.

Ich gehe davon aus, dass sie ins Bett geht, aber wenn nicht, muss ich der Erste sein, der es merkt. Wenn sie sich hinausschleicht, werde ich ihr folgen.

Ich warte, bis sie das Licht ausschaltet. Niemand betritt oder verlässt den Wohnkomplex durch die Vordertür.

Es gibt eine Kamera am Hinterausgang und ich habe es bereits geschafft, den Datenfluss anzuzapfen und auf mein Handy zu übertragen.

Keine Spur von Savannah oder jemand anderem.

Das ist eine gute Nachricht. Aber sie könnte das FBI anrufen, und ohne Überwachungs- und Abhöranlagen in ihrer Wohnung kann man nicht wissen, was besprochen wird.

Schließlich mache ich mich auf den Weg zum Gelände und schleiche mich kurz vor Sonnenaufgang hinein. Sobald mein Kopf das Kissen berührt, bin ich weg.

———

Eine laute, kräftige Faust hämmert gegen die Tür und weckt mich auf.

„Was? Ich bin wach", rufe ich demjenigen zu, der an der Tür steht. Ich bin nicht wach. Ich habe immer noch meinen Anzug von gestern Abend an, nur ohne die Jacke. Die Schuhe habe ich ausgezogen, aber ich habe mir nicht die Mühe gemacht, die restlichen Sachen auszuziehen.

„Du siehst furchtbar aus", sagt Nikita, als er uneingeladen in mein Zimmer kommt. „Lange Nacht?"

Ich antworte ihm nicht. Die Wahrheit ist, dass ich ihm nicht sagen will, dass die neue Mitarbeiterin, die ich gevögelt habe, eine Bundesagentin ist.

Er würde es Mikhail verraten und ich hätte keine andere Wahl, als sie zu töten um meine Loyalität gegenüber der Familie zu beweisen.

Ich sollte sie töten. Es sollte nicht der geringste Zweifel daran bestehen, dass ihr Begehren nichts anderes als Verrat ist.

Aber ich bekomme dieses Mädchen nicht aus meinem Kopf.

„Was ist los?", frage ich, um seiner Frage auszuweichen. Ich fahre mir mit einer Hand durch die Haare. Wenn Nikita in mein Schlafzimmer stürmt, muss etwas nicht in Ordnung sein.

„Ich habe heute Morgen einen Anruf von Detective Rylan Scott erhalten." Nikita fährt sich mit der Hand durch die Haare. Er sieht fertig aus, selbst für diese Uhrzeit.

„Und?" Ich verdränge jeden Anflug von Schuldgefühlen, dass ich zuerst zu Mikhail und vor allem selbst mit meinem Wissen hätte kommen müssen.

„Du hast ihn gebeten, Informationen über das neue Mädchen zu sammeln. Es ist die an der du anscheinend gefallen gefunden hast. Mikhail war beschäftigt, zu deinem Glück habe ich den Anruf entgegengenommen."

Ich räuspere mich und warte darauf, dass er fortfährt.

„Was zum Teufel hast du dir dabei gedacht?" Nikita schimpft mit mir und ich bin froh, dass die Tür zum Schlafzimmer geschlossen ist. Hoffentlich hört sonst niemand seine Verachtung .

„Ich wusste nicht, wer sie ist. Die Überprüfung ihres Hintergrunds hat nichts ergeben." Das ist die Wahrheit. Ich musste ihre Daten nicht zu fälschen. Das hat das FBI für mich getan.

Meine Möglichkeiten sind begrenzt. Ich töte Nikita und lasse das Geheimnis mit ihm sterben oder ich trage die Konsequenzen. Es wäre nicht einfach, einen Mann zu töten, den ich als meinen Bruder akzeptiere, aber es ist noch schlimmer, wenn mich Mikhail für meinen Fehler zur Rechenschaft zieht.

Nikita atmet laut durch seine Nase aus. „Wir räumen das Chaos auf. Nur du und ich. Niemand sonst muss davon erfahren."

„Das Mädchen töten?" Ich möchte es nicht einmal vorschlagen, aber wenn ich es nicht tue, wird er mir nicht glauben, dass ich immer noch auf der Seite der Bratva stehe. Im Moment weiß ich nicht, was ich mehr will: mein Leben oder ihr Leben. Wir werden das nicht beide überleben.

Ich bin kein selbstloser Mann. Ich würde die Welt in Schutt und Asche legen, um das zu bekommen, was ich will. Dazu gehört auch, den Club zu zerstören, aber das würde weder Savannah noch mich retten.

„Es sei denn, du bist in sie verliebt?", fragt Nikita.

Ich verliebe mich nicht, schon gar nicht in eine Füchsin, die mit mir gespielt hat, um Informationen zu bekommen. „Ich ziehe mich an."

Innerhalb der nächsten Stunde fahren wir zu ihrem Wohnkomplex. Unsere Waffen sind mit Schalldämpfern ausgestattet, damit die Nachbarn nicht die Polizei rufen. Obwohl ich bezweifle, dass die Situation reibungslos ablaufen wird.

Savannah ist vom FBI. Sie wird sich nicht kampflos geschlagen geben.

„Parke an der Seite", sage ich und zeige auf einen nahegelegenen Parkplatz um die Ecke, auf der gegenüberliegenden Seite ihrer Wohnung. Das Letzte, was ich will, ist, dass sie merkt, dass wir auf dem Weg nach oben sind.

Draußen ist es warm, stickig und es ist leicht, meine schwitzenden Handflächen auf das Wetter zu schieben, aber ich habe ein flaues Gefühl in der Magengrube. Wenn es eine bessere Möglichkeit gäbe, würde ich eine andere vorschlagen.

Töte Nikita.

Nein.

Er hat mich nicht verraten. Ich werde ihn nicht erschießen, selbst wenn ich damit die einzige Person zerstöre, die mich in letzter Zeit glücklich gemacht hat.

Aber es war alles eine Lüge. Nichts von dem, was Savannah sagte, ist wahr. Ihr Verlangen nach mir ist wahrscheinlich genauso gespielt wie alles andere.

Ich beiße mir auf die Unterlippe und der Schmerz holt mich in die Realität zurück, als wir die Treppe hinaufgehen.

Fünf verdammt lange Stockwerke.

Mit Savannah an meiner Seite kam mir das gar nicht so lang vor. Ihr wehmütiges Lächeln und ihr Lachen ließen mein Herz in meiner Brust hämmern.

Alles, was ich fühle, ist Schmerz, Bitterkeit und innere Leere. Ihr Verrat verbrennt mich. Die Dunkelheit wird mich unweigerlich verschlingen. Savannah zu töten ist nicht mein Wunsch, aber ich sehe keinen anderen Ausweg.

Ich bleibe vor ihrer Wohnung stehen. Wir klopfen nicht an. Nikita holt einen Dietrich heraus und bekommt die Tür in Sekundenschnelle auf.

Mit gezogener Waffe dringe ich in die Wohnung ein und suche nach der Blondine. Weder im Wohnzimmer noch in der Küche gibt es eine Spur von ihr. Ich durchsuche das Schlafzimmer, während Nikita im Badezimmer nachschaut.

„Sie ist nicht hier", sagt Nikita.

Ich öffne ihren Kleiderschrank, um sicherzugehen, dass sie sich nicht versteckt hat. Die Kleiderbügel sind leer, der Schrank ist unbenutzt. Ich reiße die oberste Schublade der Kommode auf, schließe sie und wiederhole den Vorgang mit der nächsten Schublade.

„Sie hat alles mitgenommen und ist gegangen", sage ich und schaue nach hinten zu Nikita.

Es überrascht mich nicht, dass sie abgehauen ist. Sie davon zu überzeugen, für die Bratva zu arbeiten und sich in das Kartell einzuschleusen, um Informationen zu bekommen, war ein schwieriges Unterfangen.

Savannah hat mich ausgetrickst.

Sie ließ mich glauben, dass sie mitmachen würde, nur um mich aus ihrer Wohnung zu bekommen, damit sie ihre Koffer packen und gehen konnte. Ist sie nach Hause gegangen? Oder ist sie an einen sicherenOrt geflohen, weil die Bratva ihre Identität kennt?

Nikitas Kinnlade ist angespannt und seine Augen sind starr. „Hast du sie gewarnt, dass wir kommen?"

Ich schimpfe über seine Andeutung. „Wie lange hast du mich nicht mehr gesehen?"

Er verschränkt unbeeindruckt die Arme vor der Brust und schaut aus dem Fenster.

„Verdammt, wir haben sie gerade verpasst", sagt Nikita.

Ich stelle mich neben ihn. Sie steigt gerade in ein Taxi. Ihr Gepäck muss bereits in das Fahrzeug geladen worden sein.

Wenn wir versuchen, ihr zu folgen, schaffen wir es keine fünf Stockwerke hinunter, bevor wir ihr Fahrzeug aus den Augen verlieren.

„Wir wissen, wo sie arbeitet", sagt Nikita.

„Ich werde nicht in der Lage sein, mit einer Waffe in das FBI-Gebäude einzudringen." Er ist verrückt, dass er das überhaupt vorschlägt.

„Nein, du wirst ihr folgen, wenn sie die Arbeit verlässt. Finde heraus, wo sie wohnt."

Ich fahre mit der Hand über meinen Kiefer. Es ist kein schlechter Plan, aber es gibt bessere. „Wir könnten Detective Scott um einen weiteren Gefallen bitten." Wir bezahlen den Mann gut für seine

Nützlichkeit für die Organisation. Was kann es schaden, wenn er ein wenig tiefer gräbt?

„Und er wird die Informationen wahrscheinlich an Mikhail weitergeben", sagt Nikita und sieht mich an. Als ob der Mann wüsste, dass ich nicht aufhören kann, an Savannah zu denken.

Ich bin hin- und hergerissen.

Ich weiß, was getan werden muss, aber wenn ich vor der Entscheidung stehe, den Abzug zu drücken, werde ich es dann auch durchziehen können?

Ist das der Grund, warum Nikita darauf besteht, mich zu begleiten? Er hat keine Beziehung zu ihr. Er hat kaum mit ihr gesprochen. Es gibt keine Verbindung oder irgend etwas, das sein Urteilsvermögen trübt. Er wird sie mühelos töten können.

Ich kann nicht dasselbe von mir sagen.

Wir gehen aus ihrer Wohnung und steigen wieder in den SUV. Nikita fährt uns zum Büro, aber ich erwarte nicht, Savannah mit ihren Koffern im Gebäude zu sehen.

Es sind viele Leute auf der Straße, aber keine Spur von Savannah. Soweit wir wissen, könnte sie nach Hause oder an einen sicheren Ort gegangen sein. Selbst wenn wir sie sehen, gibt es zu viele Zeugen und Überwachungskameras in der Umgebung.

Er umrundet den Block, aber es gibt keine Spur von Savannah. Wenn sie hierher gekommen ist, hatte sie einen Vorsprung von mehreren Minuten. „Lasst mich raus", sage ich.

Nikita wirft mir einen Blick zu, als er den Wagen an den Straßenrand fährt. Die Autos hinter uns hupen. „Was hast du vor?"

„Etwas unglaublich Mutiges oder dummes", sage ich und klettere aus dem Fahrzeug.

Er schüttelt den Kopf, als ich auf den Bürgersteig trete und mich an den Geländewagen lehne.

„Ich werde mich dem FBI stellen." Ich knalle die Tür zu und gehe zum Haupteingang.

Nikita flucht wahrscheinlich und ich höre, wie die Fahrzeugtür zuschlägt, als er mir hinterher eilt und mich verfolgt. „Mikhail wird dich umbringen", warnt Nikita. „Denk darüber nach, was du tust. Das ist Verrat an uns allen."

Er packt mich am Revers und versucht, mich von seiner Sicht der Dinge zu überzeugen. Er will mich überreden, mit ihm zurück zum Fahrzeug zu kommen. „Das kannst du nicht tun, Anton."

„Ich bin in sie verliebt." Die Worte sprudeln heraus, bevor ich überhaupt weiß, was ich sage.

„Scheiße!" Nikita lässt seine Hände auf die Seiten fallen. „Lass uns zurückgehen und wie Männer darüber reden. Mikhail wird es verstehen. Denk darüber nach."

„Weil er Madisyn in sein Haus gelassen hat?" Ich schüttle den Kopf und kann es nicht glauben. „Das ist etwas anderes. Er ist *Er*. Er ist Pakhan. Ich habe nicht das gleiche Privileg." Wenn er herausfindet, dass ich wusste, dass Savannah eine Bundesagentin ist und es ihm verschwiegen habe, werde ich nicht einmal mehr mein Leben haben.

Ich schaue zu Nikita hinüber. Er sieht verärgert aus, aber mir dreht sich der Magen um, als ob mir jeden Moment schlecht werden könnte. Denkt er, dass mir das leicht fällt?

„Steig wieder in den SUV", sagt Nikita. Sein Gesicht ist rot. Hinter seinem Blick verbirgt sich Wut und wenn wir nicht in der Öffentlichkeit wären, würde er vielleicht seine Waffe ziehen und mich damit bedrohen.

Aber er hat nicht vor, sein Leben mit Lucy zu versauen.

„Das kann ich nicht tun." Ich entziehe mich seinem Griff und schleiche um das Gebäude herum in Richtung Haupteingang.

Nikita folgt mir nicht.

Die Tür des Fahrzeugs fällt zu und die Reifen quietschen, als er davoneilt und mich allein zurücklässt. Ich habe nicht erwartet, dass er mit meiner Entscheidung zufrieden ist, aber sie werden Savannah töten, wenn ich es nicht tue.

Und das kann ich nicht zulassen.

ELF

SAVANNAH

„Auf ein Wort, Savannah", sagt Agent Barrett Kingston und deutet mir mit einer Geste an, von meinem Schreibtisch aufzustehen und ihm zu folgen.

Ich kam heute Morgen spät zur Arbeit, nachdem ich meine Sachen in der Wohnung gepackt hatte, in der ich undercover war. Die Koffer sind in einem Schrank am Ende des Flurs verstaut. Ich wollte nicht später auftauchen, da ich nicht mehr an dem Fall arbeite.

Dafür hat Anton gesorgt, als er herausfand, wer ich bin und dass ich verdeckt ermittelt habe.

Ich höre auf, meinen Bericht zu tippen, drücke die Tasten zum Speichern und stehe von meinem Schreibtisch auf, um auf meinen Chef zuzugehen. „Ja, Sir?"

„Interessante Wendung der Ereignisse", sagt er etwas kryptisch.

Soll ich jetzt erraten, wovon er spricht? Geht es darum, dass ich heute Morgen im Büro aufgetaucht bin? Ich wusste, dass meine Tarnung in Gefahr war, als Madisyn in den Club kam.

„Was meinst du?", frage ich.

„Anton ist unten aufgetaucht und hat sich den Behörden gestellt."

Das hat er nicht. Ich schnaufe und schaue hinter mich. Unser Verhörraum ist leer; ich habe niemanden sonst hineingehen sehen. „Wo wird er festgehalten?", frage ich.

„Vierter Stock."

Ich presse meine Lippen zusammen. Ich will ihn sehen. „Redet er?" Wird Anton ihnen erzählen, dass er mit einer FBI-Agentin geschlafen und herausgefunden hat, dass ich undercover bin? Das ist das einzige Geheimnis, das ich vor meinen Vorgesetzten bewahrt habe, obwohl es mich nicht überraschen würde, wenn Kingston oder Lexington Verdacht schöpften. Ich habe bekannt gegeben, dass ich keine Kameras in meiner Wohnung haben will.

„Er sagt, dass er nur mit dir reden wird."

Ich atme scharf ein. Als wir das letzte Mal geredet haben, hielt er mir eine Waffe an den Kopf. Er hat mich zwar nicht erschossen, aber er war sicher nicht begeistert, als er die Wahrheit erfuhr.

„Und du willst, dass ich das Gespräch führe?" frage ich und werfe einen Blick auf Barrett.

„Du kennst ihn. Du hast Zeit mit ihm verbracht. Wenn er hier ist, um uns in die Irre zu führen, wer weiß dann besser als du, ob er uns verarscht?"

„Sie trauen mir sehr viel zu, Sir." Ich folge Barrett zum Aufzug und fahre hinunter in den vierten Stock. Auf dieser Etage befinden sich mehr Arrestzellen und Verhörräume als auf jeder anderen.

Er führt mich den Korridor entlang, öffnet die Tür und lässt mich in den Vernehmungsraum. Barrett begleitet mich und bleibt an der Tür stehen.

Denkt er, dass ich Schutz brauche?

„Ich möchte allein mit ihr reden", sagt Anton.

Er setzt sich an den Metalltisch. Keine Handschellen. Er wird nicht legal festgehalten. Wir haben keine Beweise, um ihn zu verhaften. Meine Mission ist gescheitert, aber nur, weil er herausgefunden hat, wer ich bin, bevor ich etwas Belastendes sammeln konnte.

„Ist schon gut", sage ich und versichere Kingston, dass ich mit Anton allein fertig werde.

„Ich bin gleich draußen", sagt Kingston. Ich vermute, dass er nach nebenan geht, um durch das Glasfenster zu schauen.

Die Tür klappt hinter Kingston zu und wird verriegelt. Ich stehe Anton gegenüber und habe nicht die geringste Angst oder fühle mich durch ihn bedroht.

„Du hast meine Aufmerksamkeit. Was willst du?" frage ich. Es sieht Anton nicht ähnlich, einfach beim FBI aufzutauchen und sich zu stellen. Es muss etwas geben, was er vorhat. Ich kann nur noch nicht das Gesamtbild sehen.

„Komm, setz dich." Er nickt in Richtung des leeren Sitzes gegenüber dem Metalltisch.

Ich gebe nach und stelle mich auf die andere Seite, weg von ihm. Ich schiebe den Stuhl zur Seite und er knarrt auf dem Fliesenboden.

Antons Augen blinzeln vor Unbehagen, aber er versucht, es zu verbergen. „Ich bin hier, um dich zu retten, *Kätzchen*." Er benutzt das Wort „*Kätzchen*" leise und vorsichtig, damit niemand seinen Kosenamen für mich hört.

„Ich muss nicht gerettet werden."

„Aber ich glaube, du weißt es. Meinen Freunden gefällt nicht, was du getan hast, und sie haben vor, ihren Unmut kundzutun."

Er achtet darauf, keine Worte wie „bedrohen" oder „töten" zu benutzen, aber ich habe den Eindruck, dass sie sich für mein Handeln rächen wollen.

„Danke für die Vorwarnung, aber ich kann auf mich selbst aufpassen." Ich setze mich auf den Stuhl gegenüber von ihm. Der Holzstuhl ist kalt und hart. Er ist kein bisschen versöhnlich, und ich vermute, Anton ist es auch nicht.

Aber er ist hier, und das verwirrt mich.

„Warum warnst du mich?" Obwohl ich seine Geste zu schätzen weiß, scheint er nicht die Art von Mann zu sein, der eine Bundesagentin beschützen will. Er würde mich eher umbringen, als mich zu beschützen.

Er hält mich hin und antwortet nicht auf meine Frage.

„Okay, dann antworte mir: Warum hast du dich dem FBI gestellt?", frage ich.

Er verschränkt die Hände vor sich. Ich kann mir vorstellen, dass er bereits beim Betreten des Gebäudes gefilzt und nach einer Waffe durchsucht worden ist. Ich bin durch ihn nicht in unmittelbarer Gefahr, nur wir beide sind es.

Denn sind wir ehrlich, wir sind nicht allein. Agent Kingston beobachtet unser Gespräch und ich bin mir sicher, dass er nicht allein im Raum nebenan ist.

Es gibt nicht einmal einen Hauch von Privatsphäre, und wenn ich versuche, die Geräte zu manipulieren, werde ich der nächste Agent sein, der in Ungnade fällt, so wie Madisyn, wegen dem, was zwischen ihr und Mikhail passiert ist.

„Ich habe dir gesagt, dass ich das tue, um dich zu schützen", sagt Anton.

„Das kann ich nur schwer glauben", sage ich. „Gestern Abend, als du herausgefunden hast, für wen ich arbeite, hast du mich mit einer Waffe bedroht.

Anton räuspert sich. „Ich gebe zu, ich war überrascht, als ich erfuhr, dass du nicht die bist, für die ich dich gehalten habe.

Das kann ich als Antwort akzeptieren. Sie klingt aufrichtig und ehrlich. Nicht, dass der Mann einen erstaunlichen Ruf für Ehrlichkeit und Moral hätte.

„Und?" Ich warte darauf, dass er etwas sagt, das einen Sinn ergibt. Warum zum Teufel ist er hier? Will er für die nächsten zwanzig Jahre ins Gefängnis wandern?

Wir haben nichts gegen ihn oder die Organisation in der Hand, zumindest nichts, was vor Gericht zulässig wäre.

„Ich glaube immer noch, dass du dabei helfen könntest, das Kartell zu zerschlagen", sagt er, räuspert sich und schaut zu dem dunklen Fenster, wo mein Chef und sicher noch eine Handvoll anderer Agenten stehen und das Verhör beobachten.

Allerdings scheint er dieses Verhör zu leiten und nicht umgekehrt. Ich kann nicht anders, als mich zu fragen, was zum Teufel er hier macht. Ich bin mir sicher, dass das FBI ihn nicht einfach gehen lassen wird. Sie werden ihn legal so lange wie möglich festhalten - vierundzwanzig Stunden - und dann ist er ein freier Mann.

Es sei denn, sie können etwas aus ihm herausbekommen.

„Deshalb bist du nicht hier. Wir wissen es beide besser", sage ich und schiebe meinen Stuhl zurück. Wenn er nicht redet und uns nicht mit Informationen versorgt, gehe ich jetzt.

„Wohin gehst du?"

„Ich muss arbeiten", sage ich und tue so, als wäre ich nicht im Geringsten daran interessiert, mich mit ihm zu unterhalten. Kingston wird Anton härter angehen, wenn ich gehe, und vielleicht ist das genau das Richtige.

Seit wann bin ich denn so weich geworden? Ich presse meine Lippen zusammen und will gar nicht daran denken, dass der Grund dafür Anton ist, dass die Gefühle, die ich vorgab zu haben, echt sind und mich dazu gebracht haben, den Mann zu mögen.

Ich sollte ihn nicht mögen.

Ich sollte ihn verachten, aber das tue ich nicht.

Ein Lächeln zerrt an seinen Lippenwinkeln. Ich schwöre, der Mann kann meine Gedanken lesen, aber das ist physisch nicht möglich. „Setz dich, lass uns reden."

„Ich setze mich, wenn du mir von Mikhail und seinem Unternehmen erzählst."

Anton lehnt sich zurück und verschränkt die Arme vor der Brust. „Warum überlässt du nicht mir das Reden, *Kätzchen*?" Diesmal rutscht mir der Kosename heraus, und es ist kein bisschen leise.

Die Temperatur im Raum erhöht sich, aber ich bin mir sicher, dass es meine Wangen sind, die brennen, und nicht die Temperatur, die steigt. Ich will nicht, dass Anton denkt, dass er die Kontrolle hat. Ich bin diejenige, die die Macht hat. Nicht er.

Ich nähere mich der Tür und greife nach dem Griff.

Anton stöhnt auf, als er merkt, dass ich gleich gehen werde und er sich mit jemand anderem herumschlagen muss. „Warte", sagt er und atmet leise aus.

Er hat meine Aufmerksamkeit erregt. Ich schaue zurück zu ihm. „Willst du reden?"

„Ist es nicht das, was ich die ganze Zeit tue?" Er grinst mich an, aber hinter seinem kühlen Auftreten verbirgt sich ein Hauch von Nervosität. Sein Äußeres ist geschäftlich, hart und rau. Aber hinter seinen Augen blitzt ein Anflug von Angst auf. Liegt es daran, dass er hier ist, und die Bratva Verräter nicht gerne sieht?

Ich nähere mich dem Tisch, setze mich aber nicht. „Erzähl uns alles über die russische Bratva."

Er gluckst und scheint sich zu entspannen. „Das könnte die ganze Nacht dauern, *Kätzchen*."

„Hör auf, mich so zu nennen!" Als ich ihn anschnauze, bereue ich es. In Wahrheit mag ich den liebenswerten Namen, den er mir gegeben hat, aber ich darf unter den Männern im Büro nicht schwach aussehen oder in irgendeiner Weise kompromittiert wirken.

„Ja, möchtest du, dass ich dich Agent Savannah Blakely nenne?", fragt er und benutzt meinen Nachnamen, nicht den falschen, den ich ihm bei unserem ersten Treffen gesagt habe.

„Erzähl mir von der Bratva", wiederhole ich und will, dass er aufhört mich hinzuhalten.

„Du musst schon etwas genauer werden." Er ist ein wenig zu ruhig und gefasst, um sich dem FBI zu stellen.

Ist es ihm egal, dass er ein Verräter an seinem Volk sein wird? „Lass uns mit dem Pakhan anfangen, Mikhail."

„Der Name sagt mir nichts", sagt Anton.

„Gibt es einen anderen Anführer der Bratva?", frage ich. Alles, was wir herausgefunden haben, deutet darauf hin, dass Mikhail Barinov die Organisation leitet.

„Es gibt mehrere Bratva-Organisationen in ganz Russland. Ich kenne keines der Mitglieder persönlich."

Ein lautes Klopfen gegen das Fenster signalisiert mir, dass ich mich zurückziehen und mit den

Agenten diskutieren sollte. Ohne ein weiteres Wort gehe ich auf die Tür zu.

„Savannah", sagt Anton und will meine Aufmerksamkeit.

Ich bin versucht, mich nicht umzudrehen, um nicht noch mehrere seiner Spielchen zu spielen. Ich öffne die Tür und schaue Anton an. „Jemand wird gleich bei dir sein." Ich schleiche mich hinaus und schließe die Tür hinter mir.

Die Tür nebenan öffnet sich und Agent Kingston tritt zusammen mit einigen anderen Vorgesetzten heraus.

„Wir lassen ihn verlegen", sagt Kingston und gibt mir eine Vorwarnung.

„Wohin? Habt ihr etwas, um ihn festzuhalten?"

„Wir werden schon etwas finden", sagt Agent Danvers und zwinkert mir wissend zu. Er ist ein weiterer Supervisory Special Agent in einer anderen Abteilung. Ich habe noch nicht oft mit ihm zusammengearbeitet, aber es gibt Gerüchte, von denen keines gut ist oder etwas Gutes für Anton verheißt.

Ich gehe den Flur entlang zum Aufzug. Ein Streit mit einem Supervisory Special Agent wird weder meiner Karriere noch der Situation mit Anton helfen.

Gerade als sich die Türen schließen, schlüpft Barrett in den Aufzug. „Ich hab's verstanden. Du bist stinksauer."

„Das ist es nicht", sage ich und verschränke meine Arme. „Meinst du, wir sollten Anton verlegen, wenn wir noch nicht einmal etwas haben, das wir ihm vorwerfen können?"

„Das liegt nicht in meiner Hand. Aber er wird reden", sagt Barrett.

Er ist ein wenig zu zuversichtlich.

„Bist du dir da sicher?" Ich drücke den Knopf für unser Stockwerk und warte darauf, dass der Aufzug nach oben fährt.

„Er ist hierhergekommen, um dich zu suchen."

Dem Mann entgeht nichts.

„Nun, er hat mich gefunden." Ich zucke mit den Schultern und schaue auf die Etagenanzeige, weil ich will, dass der Aufzug sich endlich öffnet. Der kleine Raum ist beengend, vor allem mit Barretts Blicken. Wenigstens ist niemand anderes mit uns im Aufzug.

„Es ist klar, dass Anton Gefühle für dich hat. Ich kann nur nicht sagen, ob du auch Gefühle für ihn hast."

„Das habe ich nicht", sage ich ein wenig zu schnell. „Es war nur ein Auftrag, nichts weiter." Mein Magen kippt bei meinen eigenen Worten um. Ich kann nicht aufhören, daran zu denken, dass er abgeführt, verhaftet und ins Gefängnis gesteckt wird. Es gibt keine Beweise, um Anton zu verurteilen, aber ich kann nicht anders, als mir Sorgen zu machen, dass Agent Danvers etwas tun wird, um das zu ändern. Beweise unterschieben, damit Anton verurteilt wird.

„Trotzdem solltest du dir den Rest des Tages freinehmen."

„Sir—"

„Das ist kein Vorschlag", sagt Barrett. „Geh nach Hause."

Ich will nicht gehen, aber es ist nicht so, dass ich eine Wahl hätte. „Gut, dann packe ich meine Sachen und mache mich auf den Weg."

Die Fahrstuhltüren öffnen sich und ich eile den Flur entlang, um meine Taschen zu holen. Nach wenigen Minuten trage ich meinen Koffer zurück zum Aufzug, drücke auf den Knopf und warte darauf, dass sich die Türen öffnen. Es dauert ewig und als der Aufzug ankommt, ich steige ein und drücke den Knopf für die Lobby. Auf dem Weg nach draußen werde ich mir ein Taxi rufen und nach Hause fahren.

Antons Warnung hallt in meinem Kopf nach. Aber warum sollte er hierherkommen und mir sagen, dass sein Team mich töten wird? Nichts davon ergibt einen Sinn.

Wahrscheinlich ist es nichts weiter als ein Trick, um mir Angst zu machen und mich zu überzeugen, ihm zu vertrauen. Aber warum sollte er das wollen, nachdem ich ihn verraten habe? Ich fasse mir an die Nase, mein Kopf beginnt zu pochen, und bin erleichtert, als ich die Lobby erreiche.

Ich schleppe mein Gepäck über den Boden in Richtung Ausgang, als ich an zwei Personen in Anzügen vorbeilaufe. Sie kommen mir bekannt vor. Ich bin mir sicher, dass ich sie schon einmal gesehen habe, aber ich kann nicht genau sagen, wo. Hier, im Büro, oder woanders?

Eine Gänsehaut überzieht meine Arme und ein Schauer durchfährt mich, als sie in die wartenden Fahrstühle steigen.

Die Türen schließen sich und ich erschrecke, als ich erkenne, dass es sich bei den glatt rasierten Männern um zwei Russen handelt, beides prominente Mitglieder der Bratva.

Nikita und Dmitri.

ZWÖLF

ANTON

„Steh auf!" Einer der Agenten bellt mir Befehle zu, während er mir meine Rechte vorliest und mich verhaftet.

„Wie lautet die Anklage?", frage ich, als er mir die Metallhandschellen anlegt und meine Handgelenke hinter dem Rücken fixiert.

Er antwortet nicht auf meine Frage.

„Ich verlange einen Anwalt und mein Telefon."

Der schmierige Mistkerl lächelt mich nur an. „Du wirst verlegt."

„Wohin?" frage ich, und ein anderer Agent öffnet die Tür. Zwei Männer stehen auf dem Flur. Sie tragen Anzüge und haben gefälschte Abzeichen an ihren Jacken befestigt.

Ein Blick und ich erkenne beide Männer. Sie arbeiten für Mikhail.

Arbeitet der Agent, der mich ausliefert, mit Mikhail zusammen oder ist er ein Idiot, der mich blindlings ausliefert, weil er glaubt, dass ich in Bundeshaft komme?

Ich gehe das Risiko mit Mikhail ein, obwohl ich mir vorstellen kann, dass er mich tot sehen will, nachdem ich hier aufgetaucht bin und versucht habe, zu Savannah zu kommen.

Ich wäre besser dran, wenn ich verhaftet und in eine Gefängniszelle gesteckt würde.

Nikita und Dmitri sind kaum wiederzuerkennen. Sie haben sich die Bärte abrasiert und ihre Haare sind gestutzt. Sie sehen beide wie gepflegte Herren aus, aber der Schein trügt.

Nikita übergibt die Überweisungspapiere und der Agent unterschreibt sie, bevor er die gefälschten

Papiere zurückgibt. Ich werde zum Aufzug begleitet, und die Doppeltüren öffnen sich vor mir.

Savannah stürmt hinter den Doppeltüren hervor. „Das sind Bratva!", schreit sie und zieht ihre Waffe aus dem Halfter an ihrer Hüfte.

Ich entziehe mich dem Griff von Nikita und Dmitri und will Savannah vor den Monstern schützen, die sie töten wollen. Sie wäre mir fast entkommen.

Mit meinen Händen auf dem Rücken ist es schwierig, mehr zu tun, als sie mit meinem Körper zu schützen, während ich auf sie zustürze.

Ihre Augen weiten sich, aber sie schießt nicht auf mich. Liegt es daran, dass ich unbewaffnet bin oder dass sie noch Gefühle für mich hegt?

Da sie ihre Aufmerksamkeit auf mich richtet, bemerkt sie es erst, als es zu spät ist: Dmitri kommt mit einem Messer auf sie zu, das er durch die Metalldetektoren geschleust hat.

Ich habe keine andere Wahl, als sie rückwärts in Richtung Aufzug zu stoßen und zu versuchen, von Dmitri und Nikita wegzukommen.

Aber sie denkt wahrscheinlich, dass ich mit ihnen zusammenarbeite.

Das tue ich aber nicht.

Ich habe meine Familie verraten, um *sie* zu beschützen.

Die Agenten heben ihre Waffen, aber außer mir eilt niemand Savannah zu Hilfe. Die Aufzugtüren beginnen sich zu schließen und ich stürze mich auf sie und zwinge sie zurück in den Aufzug, während Dmitri sie von hinten packt und sich mit hineindrängt. Er hebt das Messer an ihr Kinn und schneidet sie so tief, dass sie weiß, dass er ihr ernsthaft wehtun wird.

Nikita springt noch mit in den Aufzug, als die Doppeltüren schon halb geschlossen sind. Er drückt den Knopf für die Garage. Der Aufzug fährt schnell nach unten.

„Lass sie in Ruhe", warne ich Dmitri, aber mit meinen Händen in Metallmanschetten auf dem Rücken kann ich nicht viel tun.

Hat Savannah einen Ersatzschlüssel dabei? Wenn ja, dann ist sie im Moment zu beschäftigt, um mir zu helfen.

Sie stößt Dmitri rückwärts, sodass sein Körper gegen die Aufzugswand knallt und der Handlauf auf seinen unteren Rücken prallt. Er stöhnt, aber er zuckt nicht zurück.

Savannah kämpft mit Dmitri und hebt ihren rechten Arm quer über ihren Körper, wobei sie ihre Waffe zu sich selbst dreht. Sie hebt ihren Arm über die Schulter, um auf Dmitri zu schießen, aber Nikita hält sie auf, bevor sie schießen kann.

Es sind zwei gegen einen.

Jetzt nicht mehr. Es werden zwei gegen zwei sein.

Ich stoße mit Nikita zusammen, mein Kopf knallt gegen seine Brust. Aber ohne meine Hände bin ich nicht in der Lage, meinen besten Kampf zu führen, aber ich werde alles tun, um Savannah zu befreien.

Die Aufzugtüren öffnen sich, als der Kampf weitergeht.

Metall klirrt auf dem Boden. Savannah hat ihre Waffe verloren, aber sie hat den Kampf nicht verloren.

Stiefel schlagen aus der Ferne auf den Zementboden, während Agenten die Treppe herunterstürmen. Schüsse werden wahllos durch die Garage abgefeuert.

„Schnappt euch das Mädchen, los geht's", sagt Dmitri und ruft Nikita Befehle zu.

Nikita hebt Savannah mühelos über seine Schulter. Ohne ihre Waffe strampelt sie mit den Beinen und schlägt Nikita mit den Fäusten in den Rücken, aber das hält ihn nicht davon ab, zum wartenden Fahrzeug zu hetzen.

Sie reißen die Hintertür eines weißen Lieferwagens auf und schubsen sie hinein. Ich werde als Nächster hineingedrängt, obwohl ich nicht gehen will, lasse ich Savannah nicht mit der Bratva allein. Sie wird jemanden brauchen, der sie beschützt.

Die Tür knallt hinter uns zu und eine Minute später fallen Schüsse in der Garage. Dmitri und Nikita müssen Waffen auf dem Vordersitz haben.

Ich schütze Savannah mit meinem Körper, damit sie nicht getroffen wird, während die Kugeln aufprallen und auf den Van prasseln.

Der Motor heult auf und der Fahrer tritt das Gaspedal durch. Ich habe nicht gesehen, wer hinter dem Steuer sitzt, ob es ein drittes Mitglied der Bratva ist oder ob Dmitri oder Nikita fahren .

Das Geräusch der Schüsse wird leiser, als der Van aus dem Parkhaus fährt. „Wir müssen hier weg", sage ich und wende mich von Savannah ab.

Mein Bein brennt. Eine Kugel hat mein Bein gestreift, aber das ist nichts, was ich nicht überleben könnte. Ich habe schon Schlimmeres erlebt.

Ich rolle von Savannah herunter und ziehe eine Grimasse wegen der Verletzung an meinem Bein.

„Was ist los? Wurdest du angeschossen?" Ihre Stimme hebt sich um eine Oktave.

Keiner von uns kann in der Dunkelheit des Wagens etwas sehen.

„Mir geht's gut", sage ich und zerstreue ihre Besorgnis. „Nur ein Streifschuss." Sie braucht sich keine Sorgen um mich zu machen. Sie ist diejenige, die Schutz benötigt.

„Wir müssen hier weg."

Sie stolpert durch die Dunkelheit und stolpert über mich, als das Fahrzeug unsanft zum Stehen kommt.

Ihr Körper landet direkt auf meinem und drückt mich auf den Boden.

Das Heben und Senken ihres Brustkorbs entspricht dem meinen. „Tut mir leid", sagt sie und räuspert sich.

„Das muss es nicht."

Ich stelle mir vor, dass sie mich anlächelt, aber in der Dunkelheit kann ich nicht einmal ihre Umrisse erkennen.

„Hast du vielleicht einen Schlüssel für die Handschellen?" Ich bin optimistisch, aber es ist sehr unwahrscheinlich.

„Nein, aber da hinten ist bestimmt etwas, das wir benutzen können", sagt sie. Sie klettert von meinem Körper herunter. Schon jetzt vermisse ich die Wärme und das Gefühl ihres Körpers auf meinem.

Es wird wahrscheinlich nie wieder passieren, dass wir beide in den Laken versunken sind.

Sie klettert hinten im Wagen herum.

Stille.

„Irgendetwas?", frage ich.

„Nichts Brauchbares."

Ich atme schwer aus. „Wenn wir auf dem Gelände ankommen und sich die Türen öffnen, musst du rennen."

Es folgt eine Stille.

„Hast du mich gehört?" frage ich.

„Was haben sie mit dir vor?" Savannahs Stimme ist sanft und ruhig.

„Mach dir keine Sorgen um mich. Ich kann auf mich selbst aufpassen."

„Die Bundespolizei wird sie nicht einfach mit der Entführung davonkommen lassen. Sie werden dem Van folgen und wenn sie uns zum Haus deines Chefs bringen, werden sie dort auf uns warten."

Savannah hat recht. Das sollte Nikita und Dmitri klar sein und ich bin mir sicher, dass sie bereits einen Plan ausgearbeitet haben. Sie sind nicht nur zum Spaß in das FBI-Gebäude eingedrungen und haben mich gefangen genommen. „Sie werden uns nicht zurück zum Gelände bringen. Sie werden uns an einen abgelegenen Ort fahren um uns zu töten."

Zuerst dachte ich, sie würden mich ins Gefängnis des Geländes werfen, mich verhören und foltern, aber Savannah weiß, wie die FBI-Agenten denken und sich verhalten. Sie werden nicht einfach abwarten, wenn es um einen ihrer Agenten geht.

„Sie hatten nicht geplant, dass du uns begleitest", sage ich. Das war auf keinen Fall Teil des Plans.

Sie seufzt leise und nachdem sie eine weitere Runde im hinteren Teil des Wagens gedreht und nichts gefunden hat, was helfen könnte, lässt sie sich wieder neben mir nieder.

„Warum bist du ins Büro gekommen?", fragt Savannah.

Ihre Frage trifft mich unvorbereitet. „Wie ich schon sagte, um dich zu beschützen. Mikhail will dich tot sehen. Er könnte genauso gut einen Anschlag auf dich verüben lassen, wegen dem, was du getan hast."

„Und du kannst ihn nicht davon überzeugen, dass ich kein schlechter Mensch bin? Dass ich auf deiner Seite bin?"

Ich lache leise über ihre Andeutung. „Vielleicht hätte es geklappt, wenn ich mich nicht an das FBI gewandt hätte. Nikita hat dein kleines Geheimnis entdeckt. Und als ich das FBI-Gebäude betreten habe, hat er Mikhail wahrscheinlich alles erzählt."

Savannah flucht leise vor sich hin. „Das ist nicht gut."

„Meinst du?" Ich ziehe eine Grimasse über meinen Tonfall. Es ist nicht ihre Schuld, zumindest nicht ganz. Wir sind beide schuld an unseren Taten. „Wenn sie die Tür öffnen, sorge ich für ein Ablenkungsmanöver und du rennst weg."

„Ich lasse dich nicht mit ihnen allein." Sie ist zu nett. Sie wird uns beide umbringen.

„Ich kann auf mich selbst aufpassen", sage ich.

„Ich bin ausgebildeter FBI-Agent, also kann ich das auch."

Mit ihr zu streiten, wird uns nicht weiterbringen. „Gut." Wir brauchen einen neuen Plan. „Hast du vielleicht eine Haarklammer in deinem Haar? Etwas, mit dem ich das Schloss der Handschellen öffnen kann?"

„Der Bügel in meinem BH ist locker. Nicht schauen."

Ich kichere leise vor mich hin. Als ob ich nicht schon jeden Zentimeter von ihr nackt gesehen hätte und sie bei meinen Berührungen erschauderte. „Ich habe meine Nachtsichtbrille zu Hause vergessen."

„Sehr witzig", murmelt sie. Die Kleidung raschelt, als ich mir vorstelle, dass sie gerade ihren BH auszieht. Ich kann nicht erkennen, ob sie ihr ganzes Hemd ausgezogen hat oder ob sie es über den Ärmel zieht. In jedem Fall ist das Bild ihrer frechen Brüste ein angenehmer Anblick in meinem Kopf.

Savannah stößt einen schweren Seufzer aus und ich spüre, wie ihre Hände meine berühren, während sie mit dem Metalldraht an den Handschellen auf meinem Rücken herumfummelt.

Das Fahrzeug wird langsamer, als wir eine abrupte Kurve fahren und dann durch die Unebenheiten der Nebenstraße, die wir nehmen, ins Schleudern geraten.

Ich weiß nicht, wie lange wir schon unterwegs sind, aber wir sind wahrscheinlich nicht mehr in der Nähe der Stadt. Sie werden unsere Leichen an einem abgelegenen Ort abladen wollen.

Savannah schafft es, erst die eine und dann die andere Handschelle zu lösen, als wir wieder langsamer werden und der Wagen eine zweite scharfe Kurve macht.

„Wo zum Teufel fahren wir hin?", fragt sie.

Draußen sind keine Verkehrsgeräusche zu hören. Keine Fahrzeuge überholen uns oder hupen. Wir sind wahrscheinlich auf einer einsamen Straße.

„Wahrscheinlich im Wald. Irgendwo, an einem abgelegenen Ort." Es gibt so viele Wälder außerhalb von New York City, dass sie uns überall hinbringen könnten. Die einzigen Grundstücke, von denen ich weiß, dass Mikhail sie besitzt, liegen in der Nähe der Innenstadt.

Die Handschellen fallen zu Boden und ich bin dankbar, dass sich das Metall nicht mehr in mein Fleisch gräbt. Aber das ist nichts im Vergleich zu dem, was die Bratva mit uns vorhaben wird, wenn wir anhalten.

„Wir müssen hier raus", sage ich und stehe auf, um zur Tür zu stolpern. Die Seitentür und der hintere Kofferraum sind verschlossen.

„Ich habe schon die Türgriffe ausprobiert", sagt Savannah. „Hast du noch andere Vorschläge?"

Der Van kommt zum Stehen und ich atme scharf ein. „Du musst rennen." Das ist die einzige Möglichkeit, sie in Sicherheit zu bringen. Wenn ich Nikita und Dmitri angreife, kann Savannah hoffentlich entkommen.

„Ich habe dir schon gesagt, dass ich das nicht mache."

Die Hintertür wird aufgerissen. Dmitri steht da und zielt mit seiner Pistole auf uns. „Raus hier!", ruft er.

Savannah steigt als Erste aus. Ich folge hinter ihr.

Warum zum Teufel hört sie nicht auf mich?

„Geh." Wir laufen etwa zwanzig Meter, bevor er seinen nächsten Befehl brüllt. „Auf die Knie!", befiehlt Dmitri.

Er wollte wohl nicht, dass unser Blut die Außenseite des Wagens befleckt - zu viele Beweise.

Savannah und ich lassen uns auf die Knie fallen.

Dmitri hat eine Waffe auf Savannah gerichtet und Nikita ist von der anderen Seite des Wagens gekommen und zielt mit seiner Waffe auf mich.

„Irgendwelche letzten Worte?" fragt Nikita. „Irgendwelche Liebeserklärungen?"

Ich bin mir nicht sicher, worauf er hinaus will, aber ich schlucke den Köder. Ich liebe Savannah wirklich. Ich weiß, dass ich das nicht sollte. Dass sie der Feind ist und die Männer, für die ich arbeite, vernichten will, aber ich habe meine Chance bei der Organisation bereits verspielt. Das haben sie mir bekannt gegeben.

„Es tut mir leid, dass es so weit gekommen ist", sage ich und sehe Savannah an. „Ich liebe dich und wünschte, du hättest mir zugehört." Warum konnte sie nicht weglaufen und sich retten?

Ihre Augen flackern kurz und ich bin mir nicht sicher, warum. Hat sie noch eine andere Waffe, von der sie mir nichts erzählt hat, bei sich versteckt? Wenn ja, ist jetzt der richtige Zeitpunkt, sie zu benutzen.

„Es tut mir leid", flüstert Savannah. „Ich wollte dir nie wehtun."

Ich presse meine Lippen auf ihre, hart und leidenschaftlich. Wenn es das Letzte ist, was ich erlebe, möchte ich sie verschlingen, sie beschützen, sie retten.

Ein Schuss ertönt und als ich merke, dass ich keine Schmerzen habe und nicht mehr blute als vorher, erwarte ich, dass ich ihren leblosen Körper in meinen Armen finde.

Aber sie atmet schwer, mit ihren Händen hält sie sich an meiner Hand fest.

Dmitri fällt auf denBoden.

„Steh auf!" brüllt Nikita. „Mikhail hat euren Tod befohlen. Er wird nicht aufhören, nach euch zu suchen." Er kramt in seiner Tasche und schiebt mir ein Stück Papier und die Fahrzeugschlüssel zu.

„Was ist das?"

„Verschwinde von hier. Rette dein Mädchen, solange du noch kannst", sagt Nikita.

„Was ist mit Mikhail? Er wird dich umbringen, wenn er von deinem Verrat erfährt."

Nikita reicht mir seine Waffe. „Das wird er nicht, wenn du mir in die Schulter schießt. Ich muss es so aussehen lassen, als hättest du das Fahrzeug gestohlen und wärst geflohen. Aber es ist ein Peilsender dran. Du musst so schnell wie möglich das Fahrzeug wechseln."

Ich bin mir des Peilsenders bewusst. Ich ziehe eine Grimasse, hebe die Waffe und entsichere sie. Ich ziele und schieße und treffe ihn in die Schulter.

Er flucht und murrt leise vor sich hin. „Komm nie wieder nach New York."

Ich eile zur Fahrerseite, und Savannah klettert auf den Vordersitz. „Willst du ihn einfach so liegen lassen?"

„Was schlägst du vor? Dass ich ihn in ein Krankenhaus bringe?" Ihre Frage ist absurd. Wir gehen nicht ins Krankenhaus, selbst wenn unsere Männer eine Kugel abbekommen haben. Da gibt es Steele Concierge Medical und die Krankenschwestern, die auf dem Gelände wohnen. Eine von ihnen ist die Verlobte von Luka.

„Setz ihn ab! Er blutet und liegt mitten im Nirgendwo. Er wird verbluten, bevor Hilfe eintrifft."

„Scheiße!" Ich schlage meine Handfläche gegen das Lenkrad. Gemeinsam beeilen wir uns, seinen Arsch hinten in den Van zu packen. „Du bist ein zu guter Mensch", sage ich und schaue Savannah an.

„Und du liebst mich dafür."

Wir fahren aus dem Wald heraus, mein Fuß ist schwer auf dem Gaspedal, als ich Nikita am nächstgelegenen Krankenhaus absetze. Steele Concierge liegt nicht auf demWeg. Die Bratva wird es mit der Polizei zu tun bekommen, was nach der Situation im FBI-Gebäude unvermeidlich ist.

Kurz nachdem wir ihn im Krankenhaus abgesetzt haben, tauschen wir die Fahrzeuge und stiegen in einen Bus und dann in einen Zug, um zu der Adresse zu fahren, die Nikita uns gegeben hatte.

„Bist du sicher, dass wir ihm vertrauen können?" ‚fragt Savannah und wirft einen Blick auf den Zettel in meiner Hand, auf dem die Adresse, die Telefonnummer und der Name des Mannes steht, der uns helfen kann.

„Wir benötigen neue Identitäten. Wenn dieser Typ, Declan, uns helfen kann, sehe ich keine andere Wahl."

DREIZEHN

SAVANNAH

Wir müssen ständig über unsere Schultern schauen. Von der Bratva ist nichts zu sehen, aber am Busbahnhof und am Bahnhof in New York gibt es eine erhöhte Polizeipräsenz.

Wir schaffen es bis nach Montana, wo Anton mit Bargeld ein Wegwerfhandy kauft, und bei unserer Ankunft die Nummer auf dem Zettel anruft, um nach einer Mitfahrgelegenheit zu fragen.

Am Telefon wird nicht viel gesagt. Hat er überhaupt mit uns gerechnet? Und wenn Nikita ihn kennt, woher wissen wir, dass wir ihm vertrauen können?

„Es ist in Ordnung", sagt Anton, legt eine Hand auf meinen Arm und spürt mein Zögern, als wir vor dem Bahnhof stehen. „Er wird in ein paar Stunden hier sein. In der Zwischenzeit gibt es nicht weit von hier einen Walmart. Wir sollten ein paar Dinge besorgen."

„Wir können unsere Kreditkarten nicht benutzen."

„Ja, ich weiß. Wir sollten auch Haarfärbemittel und eine Schere besorgen. Wir müssen unser Äußeres verändern."

Es ist Sommer, aber heute ist das Wetter mild und ich bin dankbar, dass ich nicht zu Tode schwitze. Wenigstens ist es nicht das Death Valley.

Die Landschaft ist wunderschön, mit Bergen, die uns auf beiden Seite umgeben. Ich bin an das Stadtleben und gelegentliche Besuche in Vorstädten gewöhnt, aber so weit westlich war ich noch nie, nicht einmal wegen der Arbeit. „Mensch, es ist so ruhig hier draußen."

„Das ist der Punkt", sagt Anton.

„Das FBI wird nicht aufhören, nach mir zu suchen."

„Ich nehme an, damit hast du nicht gerechnet, als du dich als FBI-Agentin beworben hast.

Ich grinse ihn an. „Nein, das war nie auch nur im Entferntesten eine Option. Undercover arbeiten, ja. Aber mein Land zu verraten, nein."

„Du verrätst dein Land nicht", sagt Anton. Er zieht die Stirn in Falten und nimmt meine Hand, als wir gemeinsam die gepflasterte Straße zum Laden hinuntergehen.

„Es fühlt sich so an", flüstere ich. „Aber ich verspreche dir, du kannst mir vertrauen. Ich werde nicht das FBI kontaktieren und ihnen unseren Aufenthaltsort verraten."

„Gut", sagt er und bleibt stehen. Seine Hände beginnen, mich abzutasten. „Handy?", fragt er.

„In meiner Handtasche, in New York."

Er tastet mich etwas zu gründlich ab, bevor er seinen Griff löst. „Deshalb hast du auch nicht angeboten, dein Ticket für den Zug oder den Bus zu bezahlen. Und ich dachte schon, du erwartest von mir, dass ich ritterlich bin."

„Du, ritterlich?" Ich lache. „Tu nicht so, als wärst du ein Held, nur weil du heute etwas getan hast. Nikita ist ein noch größerer Held als du."

„Autsch." Er hebt seine rechte Hand auf seine Brust, als hätte ich ihn gerade beleidigt. Ein schiefes Lächeln zerrt an seinen Lippenwinkeln. „Warum bist du nicht weggelaufen?"

„Ich wäre nicht weit gekommen. Außerdem bin ich darauf trainiert, eine Bedrohung zu entschärfen. Ich wollte deinen Arsch nicht zurücklassen." Ich stupse ihn an, während wir gehen. Ich muss immer wieder daran denken, was er gesagt hat, als wir kurz vor dem Tod standen.

Ich liebe dich.

Seine Worte spielen in meinem Kopf wie eine kaputte Schallplatte, immer und immer wieder.

Hatte er das gesagt, um zu überleben? Hat er versucht, mit seinem Kollegen und Freund Nikita gemeinsame Sache zu machen? Oder hat er es ernst gemeint?

„Ist das der einzige Grund?" Anton grinst. „Und ich dachte, du wolltest mein Held sein."

Der Walmart ist in Sichtweite, und wir schlendern über den Parkplatz. Ich kann nicht anders, als die Fahrzeuge in der Nähe zu scannen und mich nach Anzeichen von Ärger umzusehen. Wir sind weit weg von New York, aber es gibt viele FBI-Außenstellen im ganzen Land.

Wie haben wir es geschafft, ungesehen am Bahnhof vorbeizukommen? Es gab Überwachungsvideos, und obwohl Anton sein Gesicht mit einer Baseballkappe verdeckt hatte, war ich immer noch eine Zielscheibe.

„Wie geht es deinem Bein?", frage ich. Im Zug und im Bus haben wir gesessen. So viel mussten wir in letzter Zeit noch nie laufen und Anton versucht, sein Unbehagen zu verbergen.

„Es ist in Ordnung. Mach dir keine Sorgen um mich", sagt Anton. Der Mann ist hart im Nehmen, aber er muss nicht so tun, als ginge es ihm gut, wenn er mit mir zusammen ist.

„Das ist schwer, wenn du mich ausbremst", schimpfe ich und stupse ihn wieder an.

„Ist das deine Art zu flirten, *Kätzchen*? Falls ja, musst du noch daran arbeiten."

Ich verdrehe die Augen und schaue nach unten, als wir den Walmart betreten. Es gibt Kameras im Laden und natürlich auf dem Parkplatz. Es wird nicht einfach sein, nicht gesehen zu werden, aber wenn niemand in Montana nach uns sucht, ist alles in Ordnung.

„Das Haarfärbemittel ist hier entlang", sage ich und zeige nach rechts.

Anton schnappt sich einen kleinen Korb und folgt mir den Gang entlang. Meine Haare sind von Natur aus blond und ich habe helle Haut. Ich schnappe mir die Packung für rote Haare, denn ich glaube nicht, dass ich brünett sein könnte.

„Rot? Willst du, dass wir erwischt werden?" Er schnappt sich eine dunkelbraune Farbe, schaut auf die Schachtel und dann wieder auf mich. Wahrscheinlich ist ihm klar, dass mein Teint zu hell ist, um dunkle Haare zu haben. Er knurrt, schnappt sich die rote Schachtel und wirft sie in den Einkaufswagen.

Er ist schon halb im Gang, als ich versuche, ihn einzuholen, als er scharf rechts abbiegt und durch den Gang mit den Rasiermessern geht. „Ich muss meinen Bart trimmen."

„Trimmen oder abrasieren?" Ich möchte nicht zugeben, dass ich seine Gesichtsbehaarung mag. Verdammt, ich liebe alles an diesem Mann und ich weiß, dass ich es nicht tun sollte. Ich wäre sicherer, wenn ich ihm ein paar Dollar stehlen und abhauen würde. Das FBI kann mich beschützen. Oder?

Andererseits ist es zwei Bratva-Mitgliedern gelungen, in den vierten Stock zu gehen und Anton ohne Zwischenfälle festzunehmen, bis ich auftauchte.

„Rasiere das verdammte Ding ab, und meine Haare sollte ich auch ein wenig stutzen." Er schnappt sich einen Elektrorasierer aus dem Regal.

Auf mein Drängen hin stöbern wir zwanzig Minuten lang durch die Gänge, kaufen neue Kleidung und Mittel zur Reinigung seiner Wunde. Nachdem wir mit dem Einkaufen und Bezahlen fertig sind, gehen wir gemeinsam in die Familienbadekabine. Ich helfe ihm mit der Wunde an der Stelle wo die Kugel seinen Oberschenkel gestreift hat. Er hätte sie selbst säubern können, die Wunde sieht nicht schlimm aus. Es ist etwas getrocknetes Blut und seine Hose hat ein Loch von der Verletzung, aber das Blut ist nicht auf seiner Kleidung zu sehen, da er eine schwarze Hose trägt.

Wir beenden das Bad und machen uns auf den Weg zu der Straße, auf der wir mit Declan verabredet sind. Ich weiß nichts über den Mann, der uns abholt, nur dass Nikita darauf bestanden hat, dass wir ihm vertrauen können. Und dass er unser Leben gerettet hat.

Ist das genug?

Ich bin nervös. Meine Dienstwaffe nicht dabei zu haben, ist nicht ideal. Aber ich habe Vertrauen zu Anton gefasst. Er hat seine Absichten deutlich gemacht. Und ich? Ich bin immer noch dabei, herauszufinden, was ich will. Aber ich habe ihn nicht im Stich gelassen, also weiß ich vielleicht schon ein wenig , was ich will.

Er trägt die Taschen die Straße hinunter und geht neben mir her. Anton geht an der Außenseite der Straße, um mich durch das Gras zu schützen. Ob das Absicht ist oder nicht, kann ich nicht sagen.

„Ist es wahr?" frage ich und kann mir die Frage nicht verkneifen, die mir schon viel zu lange im Kopf herumspukt.

„Ist was wahr?"

Ich habe fast Angst, die Worte laut auszusprechen, weil ich befürchte, dass er lachen oder mir sagen könnte, dass es nur ein Schauspiel war, um uns beide am Leben zu erhalten. „Dass du mich liebst."

Anton hält mit einer Hand die Taschen, die andere legt sich um meine Taille und er zieht mich zu sich heran. „Natürlich, das ist wahr. Ich würde es nie sagen, wenn ich es nicht ernst meinen würde."

„Selbst wenn ich dir eine Waffe an den Kopf halte?" Genau das ist passiert. Es war ein spontanes, adrenalingetriebenes Szenario.

„Ich würde es auch ohne eine Waffe am Kopf wiederholen."

Ich bleibe stehen und atme tief ein. „Wir wissen kaum etwas voneinander." Was er über mich weiß, war meist nur gespielt. Eine exotische Tänzerin zu sein, war für mich alles andere als angenehm. Ich hatte ein paar wilde Erlebnisse während meiner Collegezeit, aber für Anton zu arbeiten, ja sogar für ihn auf seinem Schreibtisch zu tanzen, war der mutigste Schritt, den ich je gemacht habe.

Anton drückt meine Hüfte, als wir gemeinsam die Straße entlang gehen. „Keine Zeit ist wie die Gegenwart."

———

Innerhalb der nächsten Stunde werden wir von einem dunkelhaarigen, tattooliebenden Bad Boy abgeholt. Okay, vielleicht ist das mit dem bösen Jungen nicht ganz richtig. Er scheint viel süßer zu sein als alle Bratva-Männer, die ich bisher getroffen habe.

Wir fahren etwas mehr als eine Stunde, bevor wir die Stadt Breckenridge erreichen und den Berg hinauf in einen noch abgelegeneren Teil der Stadt fahren.

„Danke, dass du uns geholfen hast", sage ich. Ich sitze auf dem Rücksitz, während Anton mit Declan vorn sitzt.

„Wir hatten keine große Wahl", sagt Declan und lacht. „Familie ist Familie, auch wenn du es am wenigsten erwartest."

Meine Kehle wird trocken. „Du bist ein Bratva?"

„Auf keinen Fall", sagt er und ist entsetzt über meine Frage. „Die Schwester meiner Freundin Katie ist mit einem der Mitglieder der Bratva zusammen. Du kennst sie vielleicht; ihr Name ist Lucy."

„Lucy ist mit Nikita zusammen", sagt Anton, als er das Puzzle zusammensetzt. „Die Welt ist klein."

Ich atme schwer aus und drücke mir auf den Nasenrücken. Warum hat Nikita uns geholfen? War es aus Loyalität zu Anton? Sollte er nicht auch Mikhail gegenüber loyal sein?

Ich nehme an, das spielt keine Rolle. Nikita hat uns am Leben erhalten.

„Die Welt ist klein genug, er dachte euch hierherzuschicken, würde euch in Sicherheit bringen. Wir werden tun, was wir können, solange ihr hier seid. Wir besorgen euch beiden neue Papiere und Identitäten."

„Das weiß ich zu schätzen", sage ich.

Declan fährt uns den Berg hinauf und biegt auf dem Parkplatz einer Autowerkstatt ein. „Wir sind da." Er stellt den Motor ab und steigt aus, bevor Anton und ich aus dem Fahrzeug klettern.

Ich schaue mich um. Wir sind mitten im Nirgendwo, was gut ist, um sich zu verstecken, aber nicht so toll für vieles andere. Hier gibt es kein Nachtleben. Wahrscheinlich gibt es auch nicht viel zu tun.

Anton schnappt sich unsere Taschen von Walmart aus dem Kofferraum und trägt sie in einer Hand. Er folgt Declan, der uns den Weg durch den Laden zeigt. Wir steigen eine knarrende Holztreppe hinauf, Declan schließt die Eingangstür auf und übergibt Anton die Schlüssel.

„Ihr könnt hier bleiben, bis wir uns überlegt haben, was wir mit euch beiden machen", sagt Declan.

„Danke."Wir betrete die Wohnung über der Reparaturwerkstatt. „Du wohnst hier?", frage ich, um ihn nicht vor den Kopf zu stoßen. Ich schließe die Tür, nachdem ich zuletzt eingetreten bin, und sichere das Schloss.

„Ich habe hier mal gewohnt. Im Moment steht es leer", sagt Declan. „Es ist eine Einzimmerwohnung, nicht sehr groß, aber für den Moment sollte es reichen.

„Das bekommen wir schon hin", sagt Anton. „Danke."

Declan schnappt sich die Fernbedienung und schaltet den Fernseher ein. Er zeigt Anton, wie man den Fernseher bedient und führt uns durch die Wohnung. Wahrscheinlich kommen wir auch allein zurecht, aber er versucht auf jeden Fall, freundlich und einladend zu sein.

Wir sind weit weg von zu Hause. Die New Yorker haben es immer eilig. Ich kann mich nicht daran erinnern, dass jemals jemand so gastfreundlich war, es sei denn, es war absolut notwendig, und selbst dann fehlte es daran. Declan gibt jedem von uns ein Handy. „Damit könnt ihr mich kontaktieren. Ich habe bereits meine Nummer und die meines Büros einprogrammiert, falls ihr mich nicht erreichen könnt und etwas benötigt . Wo sind eure alten Handys?"

„Meines ist auf der Arbeit", sage ich und lasse den Teil aus, dass es im FBI-Gebäude liegt.

„Ich habe meins in New York gelassen", sagt Anton.

„Gut. Du darfst niemanden von zu Hause oder aus deiner Vergangenheit kontaktieren. Wenn du Mist baust, hast du die Bratva an deiner Haustür. Ist das klar?" Declan scheint seine Frage an mich zu richten, als wüsste ich nicht, welche Gefahr mich erwartet.

„Verstanden", sage ich.

Ich schlucke nervös, als ich einen Blick auf die Abendnachrichten werfe, die sich auf einen Beitrag konzentrieren, in dem erst Antons Bild und dann meins gezeigt wird und die Ereignisse in New York geschildert werden. Mein Magen dreht sich um und ich schaue Declan widerwillig an.

„Du hast nicht erwähnt, dass du ein Bundesagent bist." Er fährt sich mit einer Hand durch die Haare. „Das macht die Sache komplizierter, weil wir eng mit den örtlichen Strafverfolgungsbehörden zusammenarbeiten", sagt Declan.

„Willst du, dass ich mich stelle?", fragt Anton.

Ich bin mir nicht sicher, ob die Frage an Declan oder an mich gerichtet ist.

„Nein! Du hast dich gestellt, um mich zu retten, und das ist passiert." Ich gestikuliere auf den Fernseher und bin entsetzt über die Anschuldigungen gegen uns beide. „Dieser hinterhältige Agent Oliver Danvers hatte es auf dich abgesehen. Er hat dich verhaftet, ohne dich eines Verbrechens anzuklagen, und wollte dich abschieben. Es würde mich nicht wundern, wenn er vorhatte, Beweise zu platzieren, um dich hinter Gitter zubringen."

Declans Augen weiten sich. „Bleib hier. Ich schicke einen aus unserem Team zum Lebensmittelladen. Schreib eine Liste mit den Dingen, die du brauchst, und ich bringe sie dir." Er schnappt sich einen Notizblock am Kühlschrank und einen Stift. „Und was auch immer ihr tut, lasst niemanden sonst rein."

———

„Es gibt nur ein Bett", sagt Anton, als er einen Blick in das Schlafzimmer in der Wohnung wirft.

„Das ist in Ordnung. Du kannst das Sofa nehmen."

Er lächelt erst und lacht dann, während ich Declan eine Liste mit Lebensmitteln schreibe. Er hat uns gebeten, ein Foto von der Liste zu machen und sie ihm zuschicken, wenn wir fertig sind. Nach der Arbeit wird er mit den Lebensmitteln und dem Abendessen vorbeikommen.

„Oder wir könnten uns das Bett teilen." Anton starrt mich mit seinem Blick an. „Es sei denn, diese ganze Leidenschaft war nur gespielt?"

Mir bleibt der Atem im Hals stecken. Es ist ja nicht so, dass wir nicht miteinander geschlafen hätten, aber das war, als er dachte, ich sei nur eine Tänzerin. „Hast du das vorhin ernst gemeint, als du gesagt hast, dass du mich liebst?" Ich kann immer noch nicht verstehen, warum er das gesagt hat und warum er ins FBI-Gebäude gekommen ist, um mich zu warnen, dass Mikhail mich töten will.

„Ich kann nicht aufhören, an dich zu denken, jede Minute und jede Stunde bin ich von dir besessen." Er lässt sich auf das Sofa fallen, die Arme auf der Rückenlehne des Sofas ausgestreckt.

Ich bin versucht, mich neben ihn zu setzen, mich von ihm trösten zu lassen und wieder in das zu verfallen, was mir vertraut erscheint. „Man sagt, ich hätte diese Wirkung auf böse Jungs."

Er kichert und macht eine Geste, damit ich rüberkomme. Er möchte, dass ich mich neben ihn setze.

Es gibt nur ein Sofa, keine anderen Möbel außer dem kleinen Esstisch, an dem man sitzen und fernsehen kann. Die Wohnung ist für eine Person ausgelegt, zwei passen zwar eng zusammen, aber es ist gut genug für uns, um nicht aufzufallen.

„Hältst du mich für einen bösen Jungen?"

Versucht er, mit mir zu flirten, weil er schon so weit über das Böse hinaus ist, dass ich nicht einmal mehr weiß, was er überhaupt ist? Aber andererseits hat er sein Glück geopfert, um mich zu beschützen. Er hat seine Familie, die Bratva, für mich zurückgelassen.

Böser Junge scheint nicht ganz zu passen. Moralisch grau, vielleicht?

„Du bist einzigartig", sage ich und meine es nicht negativ.

Ihn zu verlassen, wäre grausam und würde eine riesige Lücke in meinem Herzen hinterlassen. Vielleicht ist er nicht der Einzige, der in letzter Zeit besessen ist.

Ich habe die Nacht kaum geschlafen, als Anton die Wahrheit darüber herausfand, für wen ich arbeite. Ich hätte meine Sachen packen und aus der Wohnung abhauen sollen, aber stattdessen wälzte ich mich bis zum Morgengrauen hin und her.

Alles, woran ich denken konnte, war *er*. Wie ich ihn verletzt und verraten habe, und ja, es war mein Job, aber ich fühle mich nicht im Geringsten gut bei dem, was passiert ist.

Ich hatte erwartet, dass ich mich freuen würde, wenn ich die Bratva zu Fall bringe. So hatte ich mir den Undercover-Einsatz nicht vorgestellt: Ich fliehe mit dem Feind und versuche zu überleben.

„Du bist auch nicht so schlecht, *Kätzchen*", sagt Anton.

Ich schlendere zum Sofa hinüber und setze mich neben ihn. Seine Hand streichelt meinen Nacken, seine Finger zwirbeln in meinem blonden Haar. Wir müssen uns noch umziehen, aber ich weiß, dass es bald so weit sein wird.

„Wir haben noch ein paar Stunden Zeit, bis Declan zurückkommt. Möchtest du dich ein paar Stunden hinlegen und dich entspannen? Ich könnte dir diese Metallhandschellen anlegen."

Sein Blick lässt mein Herz höher schlagen, wenn ich an all die Stellungen denke, die wir in diesem Schlafzimmer erkunden könnten, nur wir beide.

„Schade, dass ich sie hinten im Wagen gelassen habe", sage ich. Er lehnt sich leicht vor. Unsere Lippen berühren sich fast, aber er küsst mich nicht. Die Hitze zwischen uns brodelt, und ich atme seinen männlichen Duft ein. Ich möchte mich auf ihn spreizen, mit den Fingern durch sein Haar fahren und ihn intensiv küssen.

„Das ist eine Schande", sagt er, ohne seinen Blick von mir zu nehmen. Seine Augen haben sich verfinstert und er rutscht auf dem Sofa leicht hin und her. Das wäre leicht zu übersehen. „Du bist mir wichtig, Savannah."

Die Art und Weise, wie er meinen Namen ausspricht, lässt mein Inneres auf Hochtouren laufen. Mir ist heiß, das Zimmer ist warm, und ich sollte ihn daran erinnern, dass wir vorsichtig sein müssen. Jeder hätte sehen können, wie wir gemeinsam die Wohnung betreten haben. Die Polizei könnte jederzeit kommen und die Tür aufreißen.

Aber wir sind hier mitten im Nirgendwo, Hunderte von Meilen von New York City entfernt.

Niemand wird kommen.

Nur wir beide sind allein.

Und ich muss mich der Tatsache stellen, dass Anton neben mir sitzt und ich ihn noch nicht geküsst habe. Ich begehre ihn mehr als alles andere, aber ich bin hin- und hergerissen. Die ganze Zeit über war es ein

Schauspiel, etwas, das ich für den Job getan habe, nicht für mich.

Ich möchte nicht falsch verstanden werden, denn ich habe jede Minute genossen, in der er nackt war. Ich muss akzeptieren, dass alles, was von jetzt an passiert, nur deshalb geschieht, weil ich es so möchte.

Das macht mir Angst.

Und warum?

Ich hatte noch nie eine ernsthafte Beziehung. Ich habe mich verabredet und ein wenig herumgetrieben, aber ich war noch nie richtig verliebt. Und das Verlangen, das sich in mir aufbaut, ist etwas Fremdes. Es ist neu und ungewohnt. Ich habe es zwar auf den Job und meine Nerven geschoben, als ich für ihn getanzt und mit ihm geschlafen habe, ich kann mir aber nichts mehr vormachen.

Er ist nicht der Einzige, der besessen ist.

Ich habe nur Angst vor den Folgen. Ich habe meinen Job bei der Behörde aufgegeben und bin mit einem Kriminellen auf der Flucht.

Was habe ich getan? Mein Atem geht schneller. Dieses Mal ist es keine Erregung, sondern Angst.

Anton spürt, dass etwas nicht stimmt. Er zieht die Stirn in Falten und streichelt mit seiner Hand sanft meinen Nacken. „Was ist los?", fragt er.

„Das ist nicht das, wofür ich unterschrieben habe", flüstere ich und stütze meinen Kopf in meine Hände.

„Du hättest nie gedacht, dass sie die Bösen sein würden, als du zum FBI kamst?"

„Wir müssen diesen dreckigen Agenten zur Strecke bringen", sage ich.

„Und wie sollen wir das anstellen?" Anton ist weiser als sein Alter. Er ist ruhig und rational, während er mir zuhört.

Ich weiß es ehrlich gesagt nicht. Wenn ich mit Barrett oder einem anderen Mitarbeiter des Büros zusammenarbeite, werden sie unseren Standort kennen und Anton in Gefahr bringen. Das kann ich ihm nicht antun, nicht nachdem er sein Leben riskiert hat, um meines zu retten.

Seine Hand liegt sanft auf meinem Rücken und beruhigt mich.

Ich stoße einen langen Seufzer aus, und er zieht mich an sich und umarmt mich.

„Ich schwöre, dass ich nicht zulassen werde, dass dir etwas zustößt.

Ich weiß das zu schätzen, aber ich bin wahrscheinlich besser ausgerüstet, um ihn zu beschützen. „Ich weiß", sage ich und schenke ihm ein schwaches Lächeln.

„Wie wäre es, wenn wir uns die Schachtel mit dem Haarfärbemittel und der Haarschneideschere schnappen?"

Seine Worte sind wie eine Kugel aus Blei in meiner Magengrube. Wenn wir unerkennbar sein wollen, haben wir keine andere Wahl. Vor allem, wenn unsere Bilder in den nationalen Nachrichten veröffentlicht werden.

Anton nimmt meine Hand und begleitet mich zur Toilette. Es ist nicht schwer, es in der kleinen, gemütlichen Wohnung über dem Laden zu finden. „Erst färben oder schneiden?", fragt er.

Ich öffne die Schachtel mit dem Haarfärbemittel und überfliege die Anleitung. „Färben. Meine Haare müssen trocken sein, und es ist besser, nasse Haare zu schneiden."

„Soll ich dir beim Färben deiner Haare helfen?"

„Das schaffe ich schon. Pass nur auf, dass ich keine Stelle übersehe, wenn ich fertig bin." Ich ziehe mich aus und lasse meinen BH und mein Höschen an. Ich bereite die Mischung vor, und Antons Blick verweilt etwas länger als erwartet auf meinem Körper.

„Hast du nicht noch etwas zu tun?", frage ich und gestikuliere auf die Tasche. Er muss sich noch den Bart abrasieren.

Seine Oberlippe zuckt. Anton scheint nicht im Geringsten erfreut über meine Erinnerung zu sein, aber er schnappt sich den Elektrorasierer, packt ihn aus und schließt ihn an, um das Gerät aufzuladen. „Muss aufgeladen werden", murmelt er leise vor sich hin.

Ich kann mir nicht vorstellen, dass er enttäuscht ist, weil er warten muss. Sein Blick kehrt zu mir zurück, genauer gesagt, zu meinem Körper, während er mich mit dem Haarfärbemittel beobachtet.

In ein paar Minuten habe ich genügend Farbe von der Wurzel bis zu den Spitzen aufgetragen. Zum Glück verhindern die Plastikhandschuhe, dass meine Hände rot gefärbt werden.

„Was jetzt?", fragt er.

„Wir warten. Stell einen Timer ein", weise ich ihn an und gebe ihm die Information, bevor ich mich auf den geschlossenen Toilettendeckel setze. Das Letzte, was ich will, ist Haarfarbe durch die Wohnung zu schleppen und Declans Sofa zu verschmutzen. Er war so großzügig, uns vorerst hier pennen zu lassen. Ich will sein Hab und Gut nicht ruinieren.

„Einfach warten?", fragt Anton und seine Lippen verziehen sich zu einem schiefen Grinsen.

„Was schwebt dir noch vor?", frage ich.

„Da fallen mir ein paar Dinge ein", sagt er kichernd.

„Das passiert nicht. Wenn wir seine Wände mit roter Farbe einfärben, müssen wir uns keine Sorgen um das FBI oder Bratva machen. Declan wird uns töten."

„Du machst dir zu viele Sorgen", sagt Anton, während er sich näher heranpirscht. „Ich wette, wir können verhindern, dass die Farbe überall hinkommt."

„Du hast dir eindeutig noch nie die Haare gefärbt. Willst du rote Farbe auf deiner Haut haben?"

Er presst die Lippen zusammen, als ob er diese Möglichkeit gar nicht in Betracht gezogen hätte. „Wenn das bedeutet, dass du zu mir gehörst, ist das für mich in Ordnung."

„Das war nicht die Antwort, die ich erwartet habe", sage ich. „Das Rot muss natürlich aussehen, wenn du mit roter Farbe an den Händen herumläufst und..."

Er unterbricht mich. „Ich könnte Handschuhe tragen."

Er ist hartnäckig, das muss ich ihm lassen. „Du meinst die Handschuhe, die ich weggeworfen habe?"

„Ich bin mir sicher, dass es hier irgendwo noch ein Paar gibt." Er bückt sich und fummelt am Schrank unter der Spüle herum, stöbert herum.

„Du willst nur herumschnüffeln", sage ich.

Er klappt den Schrank zu und findet nicht, wonach er sucht. „Wenn ich schnüffeln wollte, würde ich den Medizinschrank durchwühlen. Keine schlechte Idee." Er steht auf, öffnet den Medizinschrank und sieht sich die Toilettenartikel an.

Von meiner Sitzposition aus kann ich keine verschreibungspflichtigen Medikamente erkennen, nur ein paar Antazida und rezeptfreie Schmerzmittel.

„Nichts Aufregendes", murmelt er.

„Du siehst enttäuscht aus."

Der Timer auf seiner Uhr surrt. „Die Zeit ist um", sagt er. „Zeit zum Duschen?" Das Lächeln auf seinem Gesicht wird breiter.

„Ja, aber gibst du mir fünf Minuten Vorsprung, damit ich das Färbemittel ausspülen kann?"

Anton stöhnt, als wäre er eine tickende Zeitbombe, die explodieren könnte, wenn er nicht bald mit mir unter die Dusche springen kann. „Fünf Minuten? Das ist ein ganzes Leben."

„Ist es nicht." Ich stehe auf und drehe den Wasserhahn auf, bereite die Dusche vor und stelle sicher, dass die Temperatur warm genug ist.

Ich ziehe den letzten Resten meiner Kleidung aus und Anton wimmert. „Hast du etwas gesehen, das dir gefällt?" scherze ich über meine Schulter zu ihm.

Ihm hängt die Kinnlade herunter, obwohl er schon alles gesehen hat, kann er nicht genug bekommen. Ich kenne das Gefühl, ich möchte auch jeden Zentimeter von ihm verschlingen, aber einer von uns beiden hat einen Funken Selbstbeherrschung.

„Geh da rein. Du bringst mich noch um, *Kätzchen*."

Ich kichere und schiebe den Vorhang zur Seite, während ich in die Dusche steige. Ich lehne meinen Kopf unter der Dusche zurück und weiche meine Haare ein, bis das Wasser klar ist.

„Fünf Minuten", sagt Anton und wartet nicht darauf, dass ich ihm sage, dass ich fertig bin.

Er zieht den Vorhang zurück und gluckst. „Sieht aus wie ein Massaker hier drin."

Rote Farbtropfen kleben an den Duschwänden und tropfen an meinem Körper herunter.

„So schlimm ist es nicht", erwidere ich.

Er schnappt sich die Duschbrause—der Duschkopf ist abnehmbar—und bespritzt erst die Wände und dann meine Haut, um alle Spuren der roten Farbe zu entfernen. „Dreh dich um", befiehlt er mir.

Ich tue, was er sagt, drehe mich um und er fährt damit fort, meine Haare mit dem Duschkopf zu benetzen, lässt das Wasser an meinem Körper heruntertropfen und dann in den Abfluss fließen. „Ich habe gehört, dass man damit eine Frau zum Schreien bringen kann", sagt Anton und hält den Griff des Duschkopfes in der Hand.

Ich kichere über seine Bemerkung. „Nicht so laut wie du", witzle ich und drehe mich um, um ihm einen Kuss auf die Lippen zu drücken.

Er setzt den Duschkopf wieder auf, bevor seine Lippen auf meinen liegen, seine Hände umschließen meine Taille und ziehen mich eng an sich heran.

Er ist kaum nass, und ich durchnässe ihn, während meine feuchte Haut an seine gepresst wird. Ich trete zurück und ziehe ihn mit mir unter die Gischt. „Wir müssen uns beide waschen", sage ich.

Schmutz und Dreck gleiten an seinem Körper herunter. Wir sind mit dem Dreck aus dem Wald bedeckt. Er versucht, eine Grimasse zu verbergen, als das Wasser auf sein Bein trifft, wo eine Kugel sein Fleisch gestreift hat. Die Wunde ist nicht tief, aber sie brennt wahrscheinlich immer noch und das Wasser, das gegen seine Haut prallt, wird seine Schmerzen nicht lindern.

Ich nehme das Stück Seife und schäume es mit meinen Händen ein. Anton dreht mich herum, sodass ich mit dem Rücken an seine Brust gepresst bin. Er schiebt meine Haare zur Seite und küsst mich sanft auf den Hals.

„Wir müssen sauber werden", sage ich, „bevor Declan zurückkommt."

„Er wird ein paar Stunden brauchen. Ich bezweifle, dass es hier in der Nähe einen Lebensmittelladen gibt."

Ich bin nicht so zuversichtlich, aber ich nehme seine Antwort gerne als Tatsache hin. Ich möchte, dass er recht hat, denn das bedeutet, dass wir den Ort für uns und einander haben, um zu tun, was wir wollen.

Seine Lippen pressen sich auf meinen Hals und aus meiner Kehle entweicht ein tiefes Schnurren, das ich nicht beabsichtigt habe.

„Das ist mein *Kätzchen*", sagt er und knurrt mir ins Ohr.

Seine Worte jagen mir einen Schauer über den Rücken, was er zweifelsohne bemerkt und sich darüber freut.

„Wir sollten aufhören, bevor das Wasser kalt wird", wimmere ich und versuche, einen kleinen Anschein von Vernunft zu bewahren.

„Das können wir machen", sagt er, „oder ich habe ein paar andere Ideen, die viel mehr Spaß machen."

„Darauf wette ich", sage ich und drehe mich um, wobei meine Arme um seinen Hals gleiten. „Aber erst muss ich die spezielle Spülung in mein Haar machen."

Er rümpft die Nase und lacht. „Willst du mir damit etwas sagen?"

„Was denn?", frage ich und küsse schnell seine Lippen, bevor ich mich von seinem Körper löse. Ich nehme die kleine Tube Haarspülung und verteile sie auf meinen Händen, bevor ich damit durch meine Locken fahre.

„Lass mich dir helfen", sagt er. Seine Finger kämmen durch mein Haar und ich schließe augenblicklich die Augen. Seine Berührung ist wunderbar, sanft und doch fest. Sie ist entspannend, besonders nach dem, was wir in letzter Zeit durchgemacht haben. Bei Anton fühle ich mich sicher und beschützt.

Das Wasser beginnt kalt und klar zu laufen. Wir duschen zu Ende und nehmen uns beide ein flauschiges Handtuch, um uns abzutrocknen. Ich lege das Handtuch um meinen Oberkörper, während Anton sich das Handtuch um die Taille legt. Er zieht sich ziemlich schnell die neuen Klamotten an, die wir gekauft haben: eine Jeans und ein schwarzes T-Shirt. Ich schwöre, ich habe ihn noch nie so sexy gesehen. Na ja, außer wenn er nackt ist.

Nachdem Anton angezogen ist, lege ich das Handtuch um mich, während er mein Haar vorsichtig kürzer schneidet, Zentimeter für Zentimeter. Ich gebe ihm Anweisungen und erkläre ihm, was die Friseurin zu Hause macht und wie sie meine Haare schneidet.

Er möchte nicht zu viel abschneiden, und ich merke, dass er vorsichtig und methodisch vorgeht.

„Hast du das schon mal gemacht?", frage ich.

„Ich habe es mir nicht zur Gewohnheit gemacht, mit hübschen Frauen herumzuhängen und ihnen die Haare zu schneiden, nein. Ein Grinsen ziert sein Gesicht, als er vor mir steht und die Länge überprüft, um sicherzugehen, dass mein Haar gleichmäßig ist. „Ich muss mehr abschneiden. Du siehst immer noch zu sehr aus wie du."

Das wäre nicht weiter schlimm, wenn wir nicht versuchen würden, vor dem FBI und der Bratva zu fliehen. „Nur zu. Ich vertraue dir."

Er blickt mich an und fixiert mich mit seinem Blick.

Ich atme scharf ein.

Sollte ich Anton vertrauen?

Ich habe mein Leben in seine Hände gelegt, bin durch das Land gefahren und habe mich mit ihm in den Bergen von Montana versteckt. Ich hätte fliehen müssen , ihn verlassen und zum FBI zurückkehren können.

Ich hatte nichts Falsches getan. Ich wurde als Geisel genommen, aber die Geschichte, die wir im Fernsehen sahen, ließ mich so aussehen, als hätte ich etwas damit zu tun. Dass, ich etwas mit Antons Ausbruch und dem Abfangen von Anton durch die Bratva zu tun haben könnte.

Wer steckte hinter diesem Bericht? Hatte dieser beschissene Agent beschlossen, mit dem Finger auf mich zu zeigen, um seine Karriere und seinen Ruf zu schützen?

„Du siehst wütend aus", sagt Anton. Er schneidet die zusätzliche Länge Zentimeter für Zentimeter ab und pirscht sich heran, um sicherzugehen, dass es gleichmäßig oder fast gleichmäßig ist, bevor er sich entscheidet, kürzer zuschneiden.

„Ich muss immer an diesen Dreckskerl denken", sage ich.

Anton grinst. „Du solltest mehr fluchen."

„Machst du dich über meine Beleidigungen lustig?" Ich schaue ihn an.

Er gibt mir eine Geste, damit ich mich umdrehe, während er hinter mir steht. „Hör auf, dich zu bewegen, sonst bekommst du einen Buzz Cut."

„Komm mir bloß nicht mit dem Ding in die Nähe meiner Haare", sage ich und zeige auf den Tresen, an dem die Schermaschine immer noch eingesteckt ist. Das rote Licht blinkt, während es sich weiter auflädt.

„Entspann dich."

Ich versuche, seinen Rat zu befolgen, aber das ist gar nicht so einfach. Als er endlich mit dem Schneiden meiner Haare fertig ist, hüpfe ich zurück unter die Dusche, um alle Haare, die noch an mir kleben, abzuspülen.

Ich bin nur kurz in der Dusche, da das heiße Wasser noch nicht die Zeit hatte, sich zu erwärmen. Es ist noch nicht ganz eiskalt, dass wird es aber bald sein.

Ich schalte die Dusche ab und steige raus . Anton trimmt seinen Bart am Waschbecken.

„Hast du genügend Ladung?"

„Das werden wir herausfinden." Er schafft es, seinen Bart zu stutzen, bevor der Elektrorasierer den Geist aufgibt und ich ihn wieder einstecken muss.

Anton grummelt.

Ich beiße mir auf die Lippe, um ihm nicht zu sagen, dass er länger hätte warten sollen. Er muss sich noch die Haare schneiden, obwohl ich mir nicht sicher bin, wie viel er abschneiden will. Es ist ja nicht so, dass er wie ich lange Haare hat, bevor er sie mir kürzer geschnitten hat.

Ich ziehe mir eine dunkle Jeans und ein weißes Hemd mit einem hellen Blumenmuster an. Das Hemd ist süß, aber es ist nicht das, was ich normalerweise trage. Vielleicht passt es besser zu meiner neuen Persönlichkeit. Wird Declan auf eine Namensänderung für uns beide bestehen? Ich kann mir nicht vorstellen, dass wir weiterhin Savannah und Anton heißen können, wenn wir das Gefühl haben, dass alle hinter uns her sind.

Ich wickle mein feuchtes Haar in ein Handtuch, damit die Farbe nicht auf das frische weiße Hemd übergeht. Wahrscheinlich schulden wir Declan mindestens ein paar Handtücher und ein großes Dankeschön für seine Hilfe.

Ich sehe mich in der Wohnung um, finde ein paar Reinigungsgeräte im Schrank, fege die Haare zusammen und werfe sie in eine Tüte in den Müll.

Nachdem Anton fertig ist, gibt es noch mehr zu tun, aber wenigstens ist ein Teil davon aufgeräumt.

Als ich fertig bin, falle ich erschöpft auf das Sofa.

Der Elektrorasierer brummt laut aus dem Badezimmer, während Anton sich die Haare trimmt und versucht, sein Aussehen zu verändern, so wie ich es getan habe. Als er sich ausschaltet, höre ich ihn fluchen. Ich versuche, nicht zu lachen. „Schon wieder kein Akku mehr?"

Der Mann ist nicht besonders geduldig, um darauf zu wartet, bis das Gerät vollständig aufgeladen ist.

Die Hälfte seines Kopfes ist getrimmt, die andere Hälfte ist noch voll mit Haaren. „Sieht gut aus." Ich versuche, mir ein Lachen zu verkneifen.

„So bleibe ich nicht unter dem Radar", murmelt er.

„Wir werden eine Zeit lang nirgendwo hingehen. Lass es fertig aufladen." Ich mache eine Geste, damit er neben mir auf dem Sofa Platz nimmt.

Er lässt sich auf das Sofa fallen und reibt sich an mir. Ich drehe mich zu ihm, fahre mit den Fingern durch sein Haar und kraule seinen Nacken. „Ich schwöre, wenn du mir sagst, dass ich so heiß aussehe und meine Haare so lassen soll, werde ich schreien.

Ich verlagere mein Gewicht nach vorn und meine Lippen streifen seine. „Das wollte ich nicht vorschlagen", flüstere ich gegen seine Lippen.

„Du wolltest etwas anderes vorschlagen?" Er hebt eine Augenbraue. „Damit könnte ich mich anfreunden." Sein hitziger Blick lässt mich erschaudern und er zieht mich auf seinen Schoß. Ich spüre, wie seine Erektion gegen seine Jeans drückt und sich losreißen will.

„Hast du eine Schwäche für Rothaarige?"

„Nur für eine", gesteht Anton. „Sie könnte eine Glatze haben und ich würde sie immer noch ficken wollen."

„Hoffen wir für uns beide, dass das nicht der Fall sein wird." Ich reibe meine Hüften gegen seine.

Anton stöhnt und seine Hände streicheln meine Hüften und gleiten kurz unter mein Shirt. Seine Berührung ist warm und methodisch. Sie ist beruhigend und erregend zugleich und bringt meinen Körper auf Hochtouren.

Das ist keine Aufgabe mehr. Er ist nicht nur ein Mann, mit dem ich für Informationen schlafe. Wenn ich diese Grenze noch einmal überschreite, dann nur für mich, denn das ist es, was ich will. Er ist das, was ich will.

„Du hast mich schon den ganzen Nachmittag geärgert", sagt Anton. Sein Gesicht ist rot und ich kann seine Dringlichkeit spüren. Ich spüre sie auch, bedürftig, verzweifelt, ich will die Erlösung mehr als alles andere.

Seine Finger streicheln die Spitze meines Ohrs und kitzeln das Ohrläppchen, bevor sein Mund an meinem Hals saugt. Ich wimmere und winde mich, mein Inneres erhitzt sich durch seine Berührungen. „Gefällt dir das?", flüstert er gegen meinen Hals.

Ich murmele unzusammenhängende Worte und meine Augenlider werden schwer. Mir ist heiß. In der Wohnung ist es stickig, aber ich glaube, das hat mehr mit Antons Anwesenheit als mit der Temperatur im Raum zu tun.

Er entwirrt das Handtuch aus meinen Haaren und lässt es auf den Boden fallen. Er zieht mein Hemd hoch über meinen Kopf und greift hinten an meinen

BH, öffnet das Metallteil und schiebt mir die Träger über die Schultern.

Ich hebe meine Hüften lang genug, um meine Jeans aufzuknöpfen und sie in einem Haufen auf den Boden fallen zu lassen. „Du hast zu viele Klamotten an", sage ich und beschwere mich, dass ich fast nackt bin und er vollständig bekleidet ist.

„Du bist die sexy Frau", flüstert er mir ins Ohr und zupft an meinem unteren Ohrläppchen.

Ich stöhne auf und mein Inneres schmilzt bei seinen Worten.

„Zieh mich aus", befiehlt Anton, und ich gehorche bereitwillig. Meine Finger streifen seine Bauchmuskeln, während ich ihm das schwarze T-Shirt über den Kopf ziehe und es hinter das Sofa auf den Boden in die Mitte des Raumes werfe. Ich hebe meine Hüften und schwinge mich auf eine Seite von ihm, während ich ihm helfe, seine Hose und Boxershorts auszuziehen. „So ist es brav", sagt er und freut sich, dass ich seine Anweisungen befolgt habe.

Die Art, wie er „braves Mädchen" sagt, lässt mein Herz rasen und mein Inneres in Ohnmacht fallen.

Meine Finger wandern hinunter zu seinem Schwanz und ich reize ihn, sodass er ungeduldig darauf wartet, dass ich ihn berühre.

„Ich will deinen Mund um mich herum spüren", sagt Anton.

Ich gehe auf die Knie und nehme ihn in den Mund, lecke und sauge an seinem Schaft.

Seine Finger verheddern sich in meinem Haar. Ich höre auf sein Stöhnen und lecke und schmecke jeden Zentimeter von ihm.

„Braves Mädchen", raunt er und die Geräusche, die er von sich gibt, lassen mich schon vor Lust triefen. Ich traue mich nicht zuzugeben, wie erregt ich vom Lutschen seines Schwanzes bin. Es war immer eine lästige Pflicht, nicht unbedingt ein Verlangen.

Aber bei Anton gefällt es mir, sein Gesicht zu sehen, seine Laute zu hören und den Mann zu befriedigen.

Er zappelt, ist nervös und kommt immer näher. „Stopp." Er führt meinen Kopf weg und ich wimmere protestierend. „Noch nicht", sagt er und schnappt nach Luft.

Mein Herz klopft wie wild gegen meine Brust, als ich mein Höschen herunterziehe und mich völlig nackt vor Anton hinstelle. Ich spreize seine Hüften, sein Schwanz ist glitschig und begierig, während ich ihn spreize.

Ich keuche auf, als er mich ausfüllt und meine Finger graben sich bei seiner Größe in seine Schulter. Es ist ja nicht so, als hätten wir das in letzter Zeit nicht getan, aber er scheint mich immer noch jedes Mal zu dehnen, was eine Mischung aus Schmerz und Vergnügen verursacht.

„Fuck, *Kätzchen*", flüstert er in mein Ohr, als ich anfange zu stoßen. Sein Schwanz ist fest in meiner Wärme und ich benutze meine Hände auf seinen Schultern als Hebel, während ich mich langsam zurückziehe, bevor ich ihn wieder in mich stoße.

Ich schwöre, der Mann wird explodieren, bevor ich es tue, und er versucht alles, um die Kontrolle zu behalten. „Guter Fick?", frage ich, obwohl ich mir sicher bin, dass ich die Antwort schon kenne."

„Gott, ja", murmelt er. Anton kämpft darum, seine Augen offenzuhalten. Seine Lippen sind gespreizt und er beugt sich vor, um meine Lippen auf seine zu pressen. „Scheiße, ja."

Mein Inneres schmerzt, mit einem pochenden Gefühl, das mich durchströmt. Ich klammere mich an seinen Schwanz, meine Zehen krümmen sich und ich keuche, als jede neue Welle der Euphorie über mich hereinbricht wie eine Welle im Ozean.

Er beißt mir auf die Lippen und ich kann nicht sagen, ob das Absicht ist oder ob er sich so sehr nach Erlösung sehnt, dass er fast im Delirium ist.

Ich stöhne und schaudere, während ich darum kämpfe, meine Augen zu öffnen und ihn anzustarren. Er ist umwerfend, jeder Zentimeter an ihm. Ich keuche und stöhne und kann meine Laute nicht im Geringsten unterdrücken. Ich will, dass er weiß, dass ich das mit ihm genieße und wie ich mich bei ihm fühle.

„Komm für mich", flüstert er mir ins Ohr. Er kämpft darum, seine Augen zu öffnen und seine Lippen prallen auf meine. Seine Hüfte schaukelt und stößt gegen meine und macht mich wild. Seine Finger greifen um mich herum und streicheln meine Klitoris im Rhythmus jedes Stoßes, während ich ihn in mich hinein und wieder herausgleiten lasse.

Ich keuche und stöhne, während ein Feuerwerk den Nachthimmel erhellt, als wäre es Silvester. Ich schwöre, dass mir das Herz aus der Brust springen könnte, so stark schlägt es gegen meinen Brustkorb.

Ich lasse mich gegen ihn fallen, während er knurrt und stöhnt und mit mir in Vergessenheit gerät.

Keuchend versuche ich, wieder zu Atem zu kommen und rutsche von Antons Körper, während ich mich auf dem Sofa ausstrecke und meine Beine an ihn lege.

Er gluckst und seine Finger ziehen meine Schenkel auseinander. „Ist das eine Andeutung?", fragt er und seine Finger finden meine Nässe.

„Das war es nicht", gestehe ich. „Aber jetzt, wo du es erwähnst—"

„Wie oft hattest du in einer Nacht den größten Orgasmus?", fragt Anton.

„Mit einem Partner, zwei oder drei Mal", sage ich.

Er grinst vergnügt. „Und allein?"

„Ich habe nicht wirklich mitgezählt." Es ist kein Geheimnis, dass ich einen Vibrator habe. Anton hat ihn schon gesehen.

„Die zwei oder drei sind ein leicht zu schlagender Rekord. Wie wäre es, wenn ich dich kommen lasse, bis du es nicht mehr aushältst?" Er grinst mit einem Glitzern in den Augen. „Du sagst mir, wenn du genug hast."

VIERZEHN

ANTON

Später am Abend, nachdem Savannah gesättigt ist, rasiere ich mir die Haare fertig und räume im Bad auf. Wir ziehen uns an, obwohl sie nichts anderes anziehen will als das T-Shirt, das ich vorhin anhatte. Es steht ihr gut, obwohl ich nicht annähernd genügend Kleidung habe.

Es klopft fest an der Tür.

Ich werfe einen Blick durch das Guckloch, bevor ich die Haustür aufschließe.

„Es ist Declan", sage ich zu Savannah.

Sie eilt ins Schlafzimmer. Ich nehme an, dass sie sich eine Hose anziehen will, da sie immer noch nur in meinem T-Shirt herumläuft. Mir macht das nichts aus, aber Declan muss sie nicht halb nackt sehen.

Declan bringt uns mehrere Tüten mit Lebensmitteln, Essen zum Mitnehmen und chinesisches Essen zum Abendessen. Mein Magen knurrt.

Savannah kommt in die Küche zurück und trägt ein neues Paar Pyjamashorts, auf denen überall Herzen zu sehen sind. Sie sehen bezaubernd aus, doch gleichzeitig möchte ich sie ihr am liebsten vom Leib reißen. Aber wir haben Besuch.

„Das Essen steht auf dem Tisch", sagt Declan und deutet auf die Tüte zum Mitnehmen.

Ich schiebe so viel wie ich kann von den Lebensmitteln in den Kühlschrank, während er Teller, Besteck und zwei Gläser für uns holt.

„Isst du mit uns?" Er hat nur ausreichend Geschirr für zwei Personen herausgeholt.

„Nicht zum Essen", sagt Declan. „Aber ich hatte gehofft, wir drei könnten die Situation etwas ausführlicher besprechen."

„Klar", sagt Savannah, während sie die Essenskartons aus der braunen Papiertüte holt. „Was wollt ihr wissen?"

„Ich kann euch beiden neue Identitäten besorgen. Das ist der einfache Teil. Gibt es noch etwas, womit mein Team oder ich euch helfen können?"

„Dein Team?", frage ich.

Declan räuspert sich. „Ich arbeite für Eagle Tactical. Hat Nikita das nicht erwähnt?" Es herrscht Schweigen. „Okay, das wundert mich nicht. Wir sind eine Organisation, die bei Geiselverhandlungen, privaten Sicherheitsdiensten, Rettungseinsätzen und so weiter hilft. Wir arbeiten eng mit der örtlichen Polizei zusammen."

Das hatte er bereits erwähnt. „Ist deine Beziehung zu den örtlichen Strafverfolgungsbehörden ein Problem?"

Savannah wirft mir einen Blick zu.

Denkt sie, dass ich den Kerl umbringen werde? Er hilft uns. Ich habe keinen Grund, ihm etwas anzutun, solange er unsere Identität und unseren Aufenthaltsort geheim halten kann.

„Das kommt darauf an. Ich benötige von euch beiden die Wahrheit. Was zum Teufel ist in New York passiert?"

Wir schildern Declan die Geschichte in allen Einzelheiten. Er sitzt uns am Küchentisch gegenüber, während wir das Abendessen verschlingen. Keiner von uns hat den ganzen Tag viel gegessen. Zwischen der Reise und unserer Ankunft gab es nicht viele Gelegenheiten.

„Ich muss mich mit dem Team beraten", sagt Declan.

„Beraten? Warum?" fragt Savannah. Sie zieht die Stirn in Falten und sieht genauso verwirrt und besorgt aus, wie ich mich fühle.

„Ist das notwendig?", frage ich. „Je weniger Leute beteiligt sind, desto besser."

„Ich kann mich um die meisten Dokumente kümmern und euch neue Identitäten, Pässe und so weiter besorgen. Aber wenn du willst, dass der korrupte FBI-Agent zur Rechenschaft gezogen wird, kann das nicht im Geheimen geschehen."

„Kann es nicht so sein, wir möchten nicht riskieren, dass andere unseren Aufenthaltsort kennen?",sagt Savannah.

„Ich meinte, dass nur ich es weiß. Ich vertraue meinem Team mit meinem Leben, und das solltest du auch."

„Ich kenne sie nicht", sage ich. Nicht, dass ich Declan kennen würde, aber er wurde mir wärmstens empfohlen. Die anderen wurden nicht erwähnt.

„Ich kann dir aber versichern, dass sie nichts mit deinen Freunden in der Bratva zu tun haben."

„Ehemalige Freunde", sage ich. „Sie wollen uns beide töten."

„Richtig", sagt Declan und nickt. „Sie haben Ressourcen, aber sie sind an große Städte gebunden. Nach allem, was wir wissen, sind es Orte wie Chicago und New York. Es ist unwahrscheinlich, dass sie dich in Breckenridge finden, solange du meine Anweisungen befolgst und weder dein altes Handy benutzt noch jemanden zu Hause kontaktierst."

„Und was ist mit diesem Wiesel Agent Danvers?", fragt Savannah. „Er könnte Verbindungen zu deinen

Freunden   oder   den   örtlichen Strafverfolgungsbehörden haben. Wir wissen zwar, dass er korrupt ist, aber wir wissen nicht, wer sonst noch im FBI Dreck am Stecken haben könnte."

„Gibt es jemanden beim FBI, dem du vertrauen kannst?", fragt Declan.

Ich schüttle den Kopf. „Auf keinen Fall."

Savannah öffnet ihren Mund und seufzt. „Mein Vorgesetzter hat noch nie Anzeichen von Dreck gezeigt."

„Aber du weißt nicht, ob wir ihm trauen können. Er wird sich bei seinen Vorgesetzten melden müssen, wenn er von unserem Aufenthaltsort erfährt. Wenn er so ehrenhaft ist, wie du sagst, wird er nicht zulassen, dass wir uns weiter verstecken."

Sie seufzt und presst die Lippen zusammen. Sie weiß, dass ich recht habe. Savannah kommt vielleicht ungeschoren davon, aber ich werde ein toter Mann sein.

„Ich kann gehen", sage ich. „Du behältst Savannah hier, beschützt sie, und ich werde fliehen. Kümmere dich um die Sache mit Agent Danvers, und dann können wir uns in der Zukunft wiedersehen."

Vorausgesetzt, sie will immer noch mit mir zusammen sein, nachdem sie die Möglichkeit hat, ihren Job zu ergattern und vielleicht sogar ihre Karriere voranzutreiben.

„Nein." Ihre Stimme vertreibt alle Gedanken an Flucht aus meinem Kopf. „Wir machen das zusammen. Wenn ich in das Büro in New York oder in eine andere Außenstelle gehe, können die Bratvas mich genauso leicht finden. Vielleicht erwarten sie sogar, dass ich eine Aussage darüber mache, dass Nikita Dmitri erschossen hat."

„Aber die Bratvas denken, dass ich Dmitri erschossen habe."

„Trotzdem, so wie sie die Geschichte verdreht haben, als wären wir Bonnie und Clyde, lasse ich dich nicht zurück. Und wir werden uns nicht an das FBI wenden."

Declan fährt sich mit einer Hand durch die Haare. „Okay. Ich muss trotzdem das Team, mit dem ich zusammenarbeite, über deine Situation informieren."

„Warum?" Ich lege meine Gabel weg, weil ich keinen Hunger mehr habe. „Wir vertrauen dir, weil du bei

Nikita hohes Ansehen genießt. Ich kenne deine Männer nicht und ich kann ihnen nicht blind vertrauen."

„Das müsst ihr aber", sagt Declan. Er steht vom Küchentisch auf und ist sichtlich frustriert, dass wir seinen Plänen nicht einfach zugestimmt haben. Ich bin mir nicht sicher, was er in dieser Situation zu tun gedenkt, aber es ist klar, dass er es nicht zwischen uns dreien behält.

Savannah legt mir ihre Hand auf den Arm, um mich zu beruhigen. Vielleicht hat sie aber auch Angst, dass ich Declan aufhalte und ihn töte, bevor er mit seinem Team über uns sprechen kann. Soweit ich weiß, hat er ihnen bereits von uns erzählt.

„Wie lautet der Plan?", fragt Savannah. „Nachdem du deinem Team von uns erzählt hast?"

„Wir würden alles über diesen korrupten FBI-Agenten herausfinden, was wir können. Wir werden seine Finanzen sowie seine früheren und aktuellen Fälle durchforsten. Es gibt fast immer eine Papierspur; wenn wir genug Ressourcen und Zeit haben, können wir sie finden. Leider kann ich das nicht alleine tun."

„Selbst, wenn wir Danvers festnageln, gibt es keine Garantie dafür, dass wir beide rehabilitiert werden", sage ich.

„Wir müssen es versuchen." Savannah starrt mich an.

„Das macht die Sache mit der Bratva auch nicht besser." Ist ihr nicht klar, dass sie, selbst wenn sie die Dinge mit ihrem früheren Arbeitgeber in Ordnung bringt, nicht einfach zum alten Zustand zurückkehren kann?

„Er hat recht", sagt Declan. „Wir können die Bratva nicht davon abhalten, euch beide ins Visier zu nehmen. Aber wenn ihr hier draußen lebt, werden sie euch nicht finden. Dafür werden wir schon sorgen."

Ich wünschte, ich wäre so zuversichtlich wie Declan, was die Bratva angeht. „Nikita weiß, wo wir uns aufhalten, und obwohl er jetzt auf unserer Seite ist, wie lange wird das so bleiben?" Ich mag es nicht, herumzusitzen, wenn wir jeden Moment gejagt werden können.

„Du traust deinem Freund nicht?", fragt Declan. „Weil du durch ihn hierher gekommen bist."

„Declan hat recht. Nikita wird uns nicht verraten. Wenn er das täte, würde er sich sein eigenes Grab schaufeln, weil er Dmitri angeschossen und getötet hat.

Ich atme schwer aus. „Ich hoffe, dass ihr beide recht habt." Ich neige dazu, unsere Papiere zu holen und bei der nächsten Gelegenheit aus der Stadt zu verschwinden. Aber wohin sollen wir gehen und wie weit können wir kommen? Wir brauchen Hilfe. Ich habe keinen Zugriff auf meine Finanzen, und Savannah auch nicht.

„Du wirst vorübergehend hier bleiben. Wir werden auf dem Grundstück und in der Umgebung Überwachungsanlagen und ein Alarmsystem einrichten. Ich kann euch versichern, dass ihr beide hier sicher sein werdet", sagt Declan.

Savannahs Schultern scheinen sich zu entspannen und ihm zu vertrauen.

Ich möchte Declan vertrauen, aber ich bin schon einmal betrogen worden. Nicht, dass ich glaube, dass er uns absichtlich betrügen würde. Wenn er das wollte , hätte er bereits die Polizei oder das FBI über unseren Aufenthaltsort informiert.

Stattdessen hat er uns Abendessen und Lebensmittel gebracht.

Der Mann scheint auf der richtigen Seite des Gesetzes zu stehen und ehrlich zu sein, was für mich nichts Gutes heißt. Nicht, dass die Bundespolizei etwas gegen mich in der Hand hätte. Savannah schwört, dass sie ihnen nichts gegeben hat, was bedeutet, dass alles, was sie sich ausgedacht haben, eine Lüge sein muss.

„Und was ist mit Jobs? Wir werden Geld brauchen, da wir keinen Zugriff auf unsere Konten haben?", frage ich.

Ich vermute, dass Declan bereits vorausschauend denkt, aber ich will trotzdem sicherstellen, dass alles entsprechend geplant und abgerechnet wird. Es ist ja nicht so, dass ich so weit vorausgedacht habe.

„Wenn du in Breckenridge bleibst, bin ich sicher, dass Savannahs Fähigkeiten für unser Team nützlich sein können. Ich kann nichts versprechen, aber ich denke, wir könnten eine Möglichkeit für sie finden." Declan starrt mich an. „Welche Fähigkeiten hast du, mit denen du deinen Lebensunterhalt verdienen kannst?"

Ich versuche, mich von seiner Frage nicht beleidigen zu lassen. „Ich habe damals in New York einen Club geleitet. Ich habe die Bücher des Clubs geführt und die Gehaltsabrechnung gemacht."

„Ich wette, das hast du", murmelt Declan etwas zu laut. „Ich kann mich umhören. Vorausgesetzt, ihr bleibt beide in der Stadt."

„Können wir darüber reden?," frage ich, weil ich es mit Savannah etwas ausführlicher besprechen möchte.

Declan geht auf die Haustür zu. „Ja, lasst mich einfach wissen, wie ihr euch entschieden habt."

FÜNFZEHN

SAVANNAH

Sechs Wochen später

Vor ein paar Wochen habe ich bei Declan im Hauptquartier von Eagle Tactical angefangen und bin in eine natürliche Routine verfallen. Das Büro ist neu, frisch gestrichen und größer als die vorherigen Räume.

Zumindest sagt das Ariella, eines der anderen Mädchen, die für das Team arbeiten. Sie ist freundlich und nett und hat keine bohrenden Fragen über meine Vergangenheit gestellt.

Weiß sie, dass sie nicht fragen soll oder hat sie eigene Geheimnisse?

„Savannah, mein Büro", sagt Declan und bittet mich mit einer Geste, in sein Büro zu kommen.

Der Besitzer von Eagle Tactical, Jaxson Monroe, ist bereits im Büro und hockt am Rand des Schreibtisches. „Wir haben Neuigkeiten", sagt Jaxson.

Er hat sich mit dem Danvers-Fall befasst und dabei geholfen, die hieb- und stichfesten Beweise des FBI gegen Anton und mich zu entkräften.

„Gute Neuigkeiten?", frage ich und hoffe, dass sie etwas Belastendes gegen den Mann gefunden haben. Ich trete in das Büro und schließe die Tür hinter mir.

„Ja und nein", sagt Jaxson. „Auf ein Offshore-Konto, das auf seinen Namen läuft, gehen große Summen ein, aber sie stammen nicht aus illegalen Quellen, wie wir vielleicht vermuten."

„Woher kommen sie?", frage ich.

„Wir sind noch dabei, dem nachzugehen, aber es gibt auch andere Neuigkeiten von der Bratva-Front", sagt Jaxson und blickt Declan an, damit er mehr dazu sagt.

„Wir hielten es für das Beste, die gesamte Kommunikation zwischen den russischen Bratvas in New York zu überwachen", sagt Declan. „Wir haben Tonaufnahmen zwischen Madisyn und Mikhail."

Ich presse meine Lippen zusammen. Ich kenne Madisyn. Wir haben früher zusammen beim FBI gearbeitet. „Weiß Madisyn von meinem Verschwinden und dass die Bratva meinen Mord in Auftrag gegeben hat?"

Ich atme nervös ein und bin mir nicht sicher, ob ich bereit bin, die Antwort zu hören.

„Ja, sie weiß Bescheid, und soweit ich weiß, ist sie auf deiner Seite", sagt Jaxson. „Innerhalb der Bratva-Organisation bildet sich ein Riss. Mikhail gerät mit den anderen Mitgliedern aneinander, weil sie seine Motive und Entscheidungen infrage stellen."

„Was schlägst du vor?", frage ich.

„Wir bringen dich mit Madisyn in Kontakt. Vielleicht kann sie Mikhail beeinflussen und ihn zum Rücktritt bewegen. Aber da müsstest du ihr wahrscheinlich die Wahrheit sagen, dass Nikita Dmitri erschossen hat."

Ich atme schwer aus. „Du willst, dass ich ein Leben gegen ein anderes tausche. Es wurde schon genug Blut vergossen."

„Besprich es mit Anton."

„Gibt es keine besseren Möglichkeiten? Kannst du nicht Madisyn entführen und sie an einen neutralen Ort bringen, damit wir beide reden können?" Wenn ich so etwas sage, hört es sich verrückt an. Die Bratva werden nach Madisyn suchen und alle Beteiligten töten.

„Das ist keine bessere Option", sagt Declan.

Er hat recht.

„Was schlägst du vor?", frage ich. „Außer den Mann, der uns das Leben gerettet hat, in die Höhle des Löwen zu werfen, um ihn abzuschlachten?" Ich werde Nikita nicht töten lassen, um uns zu schützen. Wir haben es geschafft, zu überleben, ohne entdeckt zu werden. Wir sind bereit, wenn wir in ein Flugzeug oder einen Zug steigen müssen, um aus der Stadt zu kommen. Wir haben eine Tasche gepackt, nur für den Fall, dass es brenzlig wird.

„Wir können die Mobilfunkmasten hacken und sie kontaktieren, ohne aufgespürt zu werden. Aber wenn du ihr keine Informationen gibst, die beweisen, dass ihr beide der Bratva gegenüber loyal seid, werden sie nicht aufhören, euch zu jagen."

„Loyal gegenüber Männern, die Antons Tod befohlen haben?" Ich bin entsetzt über ihre Andeutung. „Ich bin ihnen gegenüber nicht loyal."

Jaxson grinst. „Das ist wahrscheinlich am besten so. Ehrlich gesagt, sehe ich sie nicht als eure größte Bedrohung an, solange ihr euch von den großen Städten fernhaltet und nicht auf ihrem Radar seid. Womit wir wieder bei Agent Danvers wären", sagt er seufzend.

„Gibt es sonst noch etwas über ihn?" Ich kann nicht glauben, dass sie nach sechs Wochen immer noch nichts gefunden haben.

„Der Kerl ist mehrfach ausgezeichnet worden. Er hat das FBI in dem Glauben gelassen, dass er ein hervorragender Mann ist", sagt Jaxson.

„Was ist mit Agent Barrett Kingston?" ‚frage ich.

„Was ist mit ihm? Er ist sauber. Du hast uns nicht darum gebeten, deinen Chef zu überprüfen", sagt Declan. „Arbeitet er mit Danvers zusammen?"

„Nein, ganz im Gegenteil. Die beiden kommen nicht miteinander aus, auch wenn Barrett nicht viel tun kann..."

„Glaub mir, das kann er nicht", sagt Jaxson. „Danvers wurde gerade eine Beförderung angeboten. Er hat sie noch nicht angenommen, aber wir haben den Brief mit dem Angebot abgefangen."

„Könnt ihr es nicht löschen oder so?" Der Mann sollte aus dem Büro gefeuert werden und nicht eine Gehaltserhöhung und mehr Verantwortung bekommen, was wahrscheinlich bedeutet, dass mehr Agenten unter ihm arbeiten.

„Das wäre nicht sehr professionell", sagt Jaxson mit einem Grinsen. „Ich wünschte, ich könnte es, aber selbst wenn es verschwinden würde, bin ich sicher, dass er ins Büro gerufen und über die Beförderung informiert wird."

Ich grummelte leise vor mich hin. „Wir können nichts anderes tun, als ihn das FBI übernehmen zu lassen." Der Raum ist warm, und mir wird heiß. Ich verschränke meine Arme vor der Brust. „Mir gefallen unsere Optionen nicht", sage ich, „sie scheinen gering bis nicht vorhanden zu sein."

„Es gibt noch einen Vorschlag, aber ich spreche ihn nur ungern an", sagt Jaxson.

Könnte er schlimmer sein als mein Vorschlag oder der von vorhin, dass wir Nikita zu unserer Sicherheit an Mikhail ausliefern? Darauf würde ich mich nie einlassen, und Anton auch nicht.

„Nun, raus damit", scherze ich und starre Jaxson an. Ich werde immer ungeduldiger, wenn ich mit Anton zusammen bin, und mein Temperament ist viel weniger als früher.

„Du stellst dich dem FBI."

„Dann steht mein Wort gegen das von Danvers, und das FBI bezweifelt bereits, dass ich eine Komplizin bin. Außerdem würde das Nikita für den Mord an Dmitri belasten."

„Er hat Dmitri erschossen. Jemand sollte für das Verbrechen zur Rechenschaft gezogen werden."

„Er hat uns das Leben gerettet", sage ich. „Wir wären tot, wenn Nikita nicht abgedrückt hätte. Er wird nicht einen Tag im Gefängnis sitzen, weil er uns beschützt hat." Je mehr ich in Antons Nähe bin, desto mehr klinge ich wie er und werde wie er.

„Dann bring Mikhail hinter Gitter, weil er den Anschlag angeordnet hat", sagt Declan.

„Das werde ich nicht tun", sage ich und stoße einen schweren Seufzer aus. „Anton würde das nie wollen, und um ehrlich zu sein, verstehe ich, warum er das tut. Ich bin FBI-Agentin, zumindest war ich das, und ich habe es geschafft, in Mikhails inneren Kreis zu gelangen. Ich habe in seinem Club gearbeitet. Ich habe mit einem seiner Männer geschlafen. Das ist mein Werk. Und Anton würde mir nie verzeihen, wenn ich Mikhail zu Fall bringe, selbst nach der Scheiße, die wir durchgemacht haben."

„Er ist ein besserer Mensch als ich", sagt Jaxson.

„Wir lassen die Bratva da raus, es sei denn, ich kann sicher mit Madisyn kommunizieren und es geht nicht darum, Nikitas Leben zu ruinieren und unser eigenes Leben wieder in Gefahr zu bringen."

Jaxson und Declan tauschen einen Blick aus. „Wir werden sehen, was wir machen können."

Zwischen den beiden herrscht betretenes Schweigen und ich bin mir nicht sicher, was nicht gesagt wird. „Wir müssen uns auf Danvers konzentrieren."

„Das tun wir auch", versichert mir Declan. „Aber das braucht Zeit."

„Es ist sechs Wochen her, dass wir hier angekommen sind. Ist das nicht genug Zeit?" Ich dachte, diese Jungs wären die absolut Besten in ihrem Job auf der Welt.

„Ich habe dir doch gesagt, dass die Geldspur ... kompliziert ist", sagt Jaxson.

„Was zum Teufel soll das heißen? Du hast gesagt, dass es keine illegalen Gelder sind, aber er bekommt sehr viel Geld."

„Das Geld kommt von jemandem, der weiter oben in der Regierung sitzt."

Diese Entdeckung schlägt mir auf den Magen. „Wie der Direktor?"

„Höher." Jaxsons Gesichtsausdruck ist grimmig. „Es ist politisch."

„Abgesehen vom Geld ist Danvers derjenige, der Beweise platzieren und das Leben eines Unschuldigen zerstören will."

„So weit würde ich nicht gehen", sagt Declan und wirft mir einen spitzen Blick zu. „Anton ist Bratva."

„War Bratva", stelle ich klar. „Und wenn du mir ein unauffindbares Telefonat mit Madisyn besorgen kannst, würde ich gerne mit ihr reden." Declan und Jaxson glauben zwar nicht, dass das ausreichen würde, um uns die Bratva vom Hals zu schaffen, aber Madisyn und ich waren einmal Freunde. Vielleicht kann ich das nutzen, um sie davon zu überzeugen, dass wir nicht der Feind sind, für den sie uns halten.

„Das werden wir hinbekommen."

―――――

Vierundzwanzig Stunden später teilt mir Jaxson mit, dass es an der Zeit ist. Er gibt mir Madisyns Handynummer und hat ihren Aufenthaltsort geortet, um sicherzustellen, dass sie nicht in Mikhails Nähe ist, wenn ich anrufe.

Das Telefon klingelt und ich warte mit angehaltenem Atem darauf, dass sie abhebt. Sie wird die Nummer nicht erkennen.

„Hallo? Wer ist da?" fragt Madisyn.

Ich bin erleichtert, dass sie den Hörer abgenommen hat. „Hi, Madisyn. Ich bin's, Savannah." Ich atme schwer aus.

„Wo bist du?"

„Das kann ich dir nicht sagen", sage ich.

Der Wind weht und die Bäume rauschen im Hintergrund. Ich stelle mir vor, dass sie in einem Park ist, wahrscheinlich mit ihrer Tochter Kira, um ihr beim Spielen zuzusehen.

„Du bist überall in den Nachrichten. Das FBI sucht nach dir und Anton."

Man muss schon unter den Amischen leben, um nicht zu wissen, dass unsere Gesichter und Informationen landesweit ausgestrahlt werden. „Ich weiß", sage ich. „Sie sind nicht die Einzigen, die uns jagen."

„Du hättest nicht undercover gehen sollen, Savannah. Du wusstest, dass das Risiko, erwischt zu werden, zu deinem Job gehört. Die Bratvas sind gefährliche Männer."

„Mikhail hat den Anschlag auf Anton und mich angeordnet."

Madisyn zögert einen Moment. Am anderen Ende der Leitung ist es still, aber nicht so still, dass ich denken könnte, die Verbindung sei unterbrochen. Sie atmet schwer aus. „Es geht nur ums Geschäft. Du hast die Bratva verraten, und Anton hat seine Männer verraten, als er dich gedeckt hat."

„Er wusste es erst seit ein paar Stunden. Gib ihm nicht die Schuld für das, was ich getan habe. Das ist meine Schuld."

„Wo bist du?", fragt Madisyn.

Ich sage ihr nicht, wo ich bin. Ich bin drinnen und sitze Jaxson gegenüber. Er kann jedes Wort meines Gesprächs mit anhören. Aber es ist der beste Ort, um sicherzustellen, dass sie draußen keine Geräusche hören kann, die sie darauf aufmerksam machen könnten, wo wir sind.

„Ich bin in Sicherheit", sage ich. Das ist alles, was sie hört. „Du solltest wissen, dass Agent Danvers Anton etwas anhängen will. Welche Beweise sie auch immer haben, sie sind nicht echt. Anton hat die Bratva nicht verraten."

„Das hat er auch nicht! Er ist in das FBI-Gebäude gegangen und hat sich gestellt. Ich bin sicher, dass er seine Verbrechen nicht gestanden hat. Er hat um einen Deal gebeten und Mikhail ins Feuer geworfen."

„So ist es nicht gewesen." Wie kann sie nur denken, dass Anton so etwas tun würde? „Du hast mein Wort, Madisyn; ich war dabei. Er kam nur, um mich zu warnen, dass die Bratva hinter mir her ist."

„Ich muss gehen", sagt Madisyn und räuspert sich. „Nikita kommt in meine Richtung", warnt sie mich.

Ich beiße mir auf die Unterlippe, um Nikita nicht mit dem Mord an Dmitri zu belasten.

„Alles, was passiert ist, geschah nur, um mich zu schützen. Ich liebe ihn, Madisyn. Du müsstest wissen, wie das ist. Für die Liebe ‚alles und jeden zu verlieren."

„Es tut mir leid, ich kann nicht... Ich muss gehen."

Die Leitung ist tot.

Jaxson schaut zu mir auf, als ich fertig bin. „Es tut mir leid, dass das nicht nach Plan gelaufen ist."

„Es lief perfekt", sage ich. Ich habe nicht erwartet, dass Madisyn mich mit offenen Armen empfängt. Ich wollte nur, dass sie mir zuhört und erkennt, dass

Anton nicht das Monster ist, für das Mikhail ihn gehalten hat. Vielleicht kann sie ihren Charme spielen lassen und die Wogen glätten. Nicht, dass Anton bereit wäre, ins Bratva-Leben zurückzukehren, aber dann gäbe es wenigstens eine Organisation weniger, die uns töten will.

———

Nach einem langen Arbeitstag fahre ich nach Hause. Wir sind von Declans Einzimmerwohnung in eine kleine Hütte gezogen, die wir gemietet haben. Sie ist malerisch, neu gebaut, und perfekt für uns beide.

Sie liegt auch gleich auf der anderen Seite des Flusses, direkt neben Jaxson Monroe. Er hat ein erstklassiges Überwachungs- und Alarmsystem installiert; wenn etwas passiert, ist er einer der Ersten, der es erfährt.

Aber es ist ruhig, beschaulich und schon fast zu perfekt. In der Nähe des Grundstücks gibt es einen Fluss und einen Wald.

Ich hätte nie gedacht, dass mir die Abgeschiedenheit gefallen würde, aber der Gedanke an die geschäftige Stadt lässt meinen Magen flau werden. Das hier ist wirklich mein Zuhause geworden.

„Wie war dein Tag?", fragt Anton, als ich aus meinen Schuhen schlüpfe und meine Handtasche und meine Schlüssel an der Haustür ablege. Ich schließe das Haus ab und sorge dafür, dass niemand Ungebetenes eintreten kann. Das ist schon zur Gewohnheit geworden.

Es gibt keine Anzeichen dafür, dass das FBI herumschnüffelt oder dass die Bratva weiß, wo wir uns aufhalten. Trotzdem fühlte ich mich unruhig, als ich heute mit Madisyn sprach. Ein eindeutiges Zeichen von Unruhe.

„Gut. Ich habe heute mit Madisyn gesprochen." Ich gehe in die Küche, um beim Abendessen zu helfen.

Anton steht an der Theke und schneidet auf einem Holzbrett Gemüse. Bei der bloßen Erwähnung von Madisyn hält er inne.

„Du meinst Mikhail's Madisyn?" Er blickt auf, nicht amüsiert über mein Geständnis.

„Ich wollte, dass sie unsere Version der Ereignisse hört, ohne zu erwähnen das Nikita Dmitri getötet hat."

Anton schnaubt leise vor sich hin. „Ich wette, das ist gut gelaufen."

„Besser als ich dachte. Sie hat nicht aufgelegt", sage ich. „Und vielleicht bringt das den Stein ins Rollen, damit Mikhail über das Geschehene hinwegkommt."

„Ist er das nicht schon?", fragt Anton.

„Wenn Mikhail uns nicht aufspürt, heißt das nicht, dass er uns vergessen hat. Seine Ressourcen sind begrenzter, als selbst er zugeben möchte."

Er schnippelt das Gemüse wieder schneller und härter. Ich beobachte ihn, will ihn aber nicht unterbrechen, weil ich befürchte, dass er sich in den Finger schneidet. Ich warte, bis er nach einer weiteren Karotte greift, bevor ich spreche.

„Davon abgesehen wollte ich Madisyn und Mikhail wissen lassen, dass Agent Danvers Dreck am Stecken hat."

„Warum?", fragt Anton. „Was macht das für einen Unterschied?"

„Du glaubst doch nicht, dass die Bratva sich rächen wird , wenn sie herausfinden, dass ein FBI-Agent absichtlich Beweise platziert. Sie haben deinen Ruf zerstört. Wer sagt, dass sie nicht dasselbe mit Mikhail tun werden? Sie haben seine Organisation bereits zweimal infiltriert. Es wird keine andere Agentin sein, wenn sie es wieder tun."

Er hält kurz inne, bevor er die Karotte weiter schneidet. „Ich verstehe."

Durch das Zusammenleben ist unser Leben ziemlich häuslich geworden. „Wie auch immer, ich hoffe, dass Mikhail sich auf Agent Danvers konzentriert, damit seine Ressourcen dünner werden und wir unbehelligt bleiben."

„Mikhail wird uns hier draußen nicht finden", sagt Anton. „Wir wissen beide, dass wir in Sicherheit sind."

Ich hoffe, er hat recht, aber ich mache mir Sorgen. „Das FBI ist immer noch da draußen und sucht nach uns."

„Ja, aber es ist schon Wochen her, dass unsere Bilder in den Nachrichten waren, und du, *Kätzchen*, siehst überhaupt nicht mehr wie auf deinem Foto aus."

Es ist eine Erleichterung, wie es uns mit Hilfe von Eagle Tactical gelungen ist, unser Äußeres zu verschleiern und neue Identitäten anzunehmen.

Anton ist jetzt Jason Wilde und ich bin Mia Hawkins.

EPILOG TEIL 1

Anton

Zwei Wochen später

Ich hätte mir nie vorstellen können, nach Montana zu ziehen, geschweige denn in eine Hütte in den Wäldern. Fast mein ganzes Leben lang war ich Teil der Bratva und ihnen gegenüber so loyal, als wären sie mein Blut.

Aber das hat sich geändert.

Sie hat mich verändert. Nicht, dass ich es ihr gegenüber zugeben würde.

Ich liebe Savannah. Ich werde sie immer lieben. Mit ihr wegzulaufen, mich in ein brennendes Feuer zu werfen, um sie zu schützen, hat mir gezeigt, dass sie meine einzige Chance auf Glück ist.

Wahres Glück.

Aber ich möchte nicht sentimental werden. Das liegt nicht in meiner Natur.

„Kommst du mit?", ruft Savannah mir zu. Sie wartet draußen und streckt ihren Kopf in die Hütte.

Wir sind uns beide einig, dass es uns gefährden könnte, wenn wir die Kleinstadt verlassen. Das ist nicht das Leben, was wir wollen: ständig auf der Hut sein, und immer auf der Flucht.

Ich würde gerne mit ihr nach Paris oder Florenz fahren. An einen anderen Ort , wo es exotisch und romantisch ist. Aber in ein Flugzeug zu steigen, birgt zu viele Risiken, selbst mit unseren neuen Identitäten.

Ich werde es nicht tun. Nicht, weil ich Angst habe, erwischt zu werden, sondern weil ich mich fürchte, was mit Savannah passiert, wenn wir auf Mikhails Radar auftauchen.

Soweit ich das beurteilen kann, hat er geschwiegen.

Hat er aufgehört, nach uns zu suchen? Ich bin mir nicht sicher. Es gibt keine Nachricht, dass die Bratva New York verlassen hat, und Savannah hält mich über alle Neuigkeiten auf dem Laufenden. Ich bin dankbar, dass die Jungs von Eagle Tactical ihr einen Job gegeben haben und dabei helfen, uns unauffällig zu verhalten.

Ich gehe nach draußen, schließe die Tür hinter mir und folge Savannah über den Weg in den Hinterhof, wo sie eine Decke unter einer Baumreihe ausgebreitet hat.

Wir hätten die Adirondack-Stühle vor der Hütte auch in den Garten stellen können. Heute Nacht ist der Perseiden-Meteoritenschauer, und wenn ich sie schon nicht über den Ozean bringen kann, um ihr die Welt zu zeigen, kann ich mich wenigstens mit ihr in meinen Armen zusammenrollen und gemeinsam in die Sterne schauen.

Savannah hat eine dicke Decke in dem Gras ausgebreitet. Sie hat ihre Schuhe ausgezogen, und an jedes Ende der Decken einen gestellt. Ich ziehe meine Schuhe auch aus und tue dasselbe, damit sich alle vier Enden nicht bewegen.

Ich setze mich auf die Decke und sie klettert zwischen meine Beine, ihren Rücken an meine Brust gelehnt. Später müssen wir uns hinlegen. Mein Nacken hält es nicht aus, stundenlang in dieser Position nach oben zu starren. Aber im Moment ist alles perfekt.

Sie ist perfekt.

„Schau!" Sie zeigt in den Nachthimmel, als ein Meteor über den Himmel schießt. Ihre Aufregung erinnert mich an ein Kind am Weihnachtsmorgen, das voller Staunen ist.

Da ich immer in der Stadt gelebt habe, konnte ich den Himmel nachts wohl nicht so richtig beobachten—zu viel Lichtverschmutzung. Ich kann mich nicht erinnern, wann ich das letzte Mal draußen lag und einen Meteoritenschauer beobachtet habe.

Die Aurora Borealis haben wir noch nicht gesehen, aber ich bin mir sicher, dass das ein weiteres Abenteuer sein wird, dass wir von zu Hause aus unternehmen können. Ich bin sehr dankbar dafür, unsere Stadt und unser kleines Zuhause erkunden zu können.

Im Winter gibt es Berge zum Ski- und Snowboardfahren, etwas, das ich noch nie gemacht habe, aber gerne tun würde. In den Wäldern gibt es zahlreiche Wanderwege, die man an den Wochenenden erkunden kann.

„Ich habe aufregende Neuigkeiten für uns", flüstere ich und streiche ihr Haar zur Seite, während meine Lippen ihre nackte Haut streifen.

„Ich auch."

„Du fängst an", sage ich.

Sie schüttelt den Kopf. „Du hast angefangen. Du fängst an."

„Okay." Ich gluckse und ziehe sie fester an mich. „Heute Morgen wurde in den Nachrichten berichtet, dass es in New York City, in der Nähe des Bundesgebäudes, eine Explosion gegeben hat."

Sie atmet heftig ein. „Wurde jemand verletzt?"

„Ein paar Leute."

„Und was ist daran eine gute Nachricht?" Das Lächeln ist aus ihrem Gesicht verschwunden, als sie sich umdreht und mich ansieht.

„Agent Danvers ist einer der Verstorbenen. Er ist vor etwa einer Stunde im Krankenhaus seinen Verletzungen erlegen."

Sie presst ihre Lippen aufeinander. „Du und ich haben eine andere Vorstellung von guten Nachrichten." Ihre Augenbrauen sind zusammengezogen und sie ist beunruhigt über meine Offenbarung. Ich dachte, sie wäre glücklicher, erleichtert, dass er uns nicht belästigen oder ihr wehtun kann. „Haben sie einen Verdächtigen in Gewahrsam?"

Sie muss sich fragen, ob die Bratva oder genauer gesagt Mikhail hinter dem Angriff steckt. „Ja, ein zwielichtiger Typ wurde ins Gefängnis gesteckt und kam wieder frei, weil seine Verurteilung aufgehoben wurde. Es stellte sich heraus, dass Agent Danvers Beweise gefälscht und ihn verhaftet hatte. Alle Fälle von Danvers werden untersucht."

„Es ist zu schade, dass er gestorben ist und sich nicht den Konsequenzen stellen muss", sagt Savannah. „Ich hätte gerne seinen Gesichtsausdruck gesehen, wenn er gefasst wurden wäre."

„Das gilt für uns beide", sage ich. „Hoffentlich wird das am Ende helfen, unsere Namen reinzuwaschen.

Aber ehrlich gesagt, will ich nicht zurück nach New York gehen. Irgendwie gefällt es mir hier draußen."

„Irgendwie?" Sie lächelt und bewegt mich dazu, mich auf die Decke zu legen. Wir starren in den Nachthimmel und sehen zu, wie Meteore in der Dunkelheit verglühen. Es ist wunderschön.

„Hast du gute Neuigkeiten zu erzählen?", frage ich, um das Thema zu wechseln.

„Du wirst Vater."

EPILOG TEIL 2

Mikhail

Der Verrat fließt durch die Adern meiner Familie.

Dmitri ist tot.

Er wurde von einem meiner eigenen Leute erschossen, und obwohl es einige Zeit gedauert hat, bis ich mich mit seinen Taten abgefunden habe, ist es nicht allein seine Schuld.

Wir sind alle zum Teil schuld. Ich kann Madisyn dafür danken, dass sie mich daran erinnert hat, dass ich derjenige war, der den Anschlag auf Anton und Savannah angeordnet hat. Hätte ich nicht so schnell und, wie sie sagt, voreilig gehandelt, wäre Dmitri vielleicht noch am Leben.

Die Wut brodelt unter der Oberfläche, wie ein Vulkan, der jeden Moment ausbrechen kann.

Ich werfe einen Blick auf den Fernseher, wo der Ticker mit den jüngsten Ereignissen über den Bildschirm läuft.

Wir hatten nichts direkt mit dem Anschlag auf das FBI-Gebäude zu tun, aber ich kann nicht sagen, dass mich die Nachricht traurig macht. Ein Lächeln huscht über mein Gesicht.

„Ivan, hol Madisyn her", sage ich. In der Ecke meines Büros hängt ein Fernsehbildschirm, der an der Wand befestigt ist. Er ist neu.

Nach dem Vorfall mit Anton möchte ich über alle aktuellen Ereignisse informiert sein. Sein Gesicht und die selbst gefällige FBI-Agentin Savannah in den nationalen Nachrichten zu sehen, gab mir Hoffnung.

Ich muss sie nicht zur Strecke bringen. Das FBI hat die Mittel dazu und wird es für mich erledigen.

Und wenn das passiert, muss ich der Erste sein, der erfährt, dass Anton gefasst wurde. Denn er wird zweifellos versuchen, das FBI zu überzeugen, ihnen einen Deal anzubieten, um seinen Arsch zu retten.

War es nicht genau das, was er vorhatte, als er beim FBI auftauchte und sich stellte?

Madisyn versicherte mir, dass das nicht der Fall war und dass sie Informationen über diesen Tag hatte. Aber sie wollte mir ihre Quelle nicht nennen.

Haben sich Savannah oder Anton an Madisyn gewandt?

Nach Dmitris Tod habe ich Iwan befördert und ihm mehr Verantwortung auf dem Gelände übertragen, anstatt rund um die Uhr das Tor zu bewachen. Er ist glücklicher, und der junge Mann geht über sich hinaus, was mir sehr gefällt.

„Ja, Sir." Er eilt den Flur hinunter, wahrscheinlich in das Spielzimmer, wo Madisyn Kira unterhält. Es ist noch früh und in ein paar Stunden werden sie ausgehen, um ein paar Besorgungen zu machen, zum Beispiel in den Park oder zu dem „Mommy and me"-Kurs, zu dem sie die kleine Kira mitnimmt.

Madisyn ist eine außergewöhnliche Mutter, die sich für die Sicherheit unserer Tochter einsetzt.

„Du hast gerufen?", scherzt Madisyn. Sie hat Kira auf dem Arm und meine Tochter löst sich aus dem Griff ihrer Mutter und will zu mir laufen.

Kira ist unglaublich schüchtern und in dieser Hinsicht weder Madisyn noch mir ähnlich, was ich seltsam finde, aber sie ist ja noch keine zwei Jahre alt.

„Schau mal", sage ich und deute auf den Fernsehbildschirm. In den Nachrichten geht es immer noch um die Explosion, die sich vor ein paar Stunden ereignet hat. Es gab eine Handvoll Opfer, fünf Tote, zwanzig Verletzte und eine unbekannte Zahl, die noch unter den Trümmern begraben ist.

„Bitte sag mir, dass du nichts damit zu tun hast", sagt Madisyn. Ihr Blick ist grimmig.

„Ich kann dir versichern, dass die Sprengung des New Yorker FBI-Büros diese Woche nicht in meinem Kalender stand."

„Oh, aber für nächste Woche stand es drauf?"

„Das war ein Witz", sage ich und versuche, die Spannung im Raum abzubauen. Auch wenn ich nicht persönlich für das Geschehene verantwortlich bin, war ich nicht ganz unschuldig.

Wann bin ich jemals unschuldig?

Was die Polizei oder das FBI angeht, die in dieser Sache ermitteln, habe ich keine Schuld. Als Madisyn mich darauf aufmerksam machte, was Agent Danvers getan hatte, nämlich Beweise zu platzieren, um eine Verurteilung von Anton zu erreichen, wusste ich, dass ich tiefer graben musste.

Wenn dieser korrupte Agent hinter einem meiner Männer her war, dann hatte er sicher auch bei anderen, die bereits hinter Gittern saßen, dasselbe getan.

Mit Hilfe von Nachforschungen eines Freundes entschied ich mich, einen Anwalt zu engagieren, der vier Männer vertrat. Jeder dieser Männer wurde in Fällen verurteilt, in denen die einzigen Beweise, die dem Gericht vorgelegt wurden, von Agent Danvers gesammelt wurden.

Vier Männer.

Alle wurden zu Unrecht inhaftiert.

Es war klar, dass sich einer von ihnen rächen würde, wenn er entlassen wird.

Ich kann nicht sagen, dass ich überrascht bin. Aber es ist nichts, was Madisyn wissen muss oder irgendjemand anderes, der nicht in die privilegierten Informationen eingeweiht ist.

„Ich dachte, du solltest es von mir hören. Hast du dort noch Freunde?" Obwohl sie seit ihrem Weggang mit niemandem im Büro Kontakt hatte, vermute ich, dass es Kollegen gibt, die sie immer noch mag und die sie nicht verletzt sehen möchte.

Sie rollt die Lippen zusammen, bevor sie sich die Unterlippe zwischen die Zähne klemmt. „Freunde ist ein starkes Wort. Bekannte, ja."

Das FBI hat sie verbannt, sie weggeschickt, und ihre Karriere zerstört, wegen dem, was zwischen uns vorgefallen ist. Kein Wunder, dass sie wütend ist, aber sie verbirgt ihre Verbitterung besser, als ich es je könnte.

Sie ist ruhiger, kontrollierter und gefasster.

Ich würde das Haus in Brand stecken, wenn das meine Probleme lösen würde.

„Das würde ich niemandem wünschen", sagt Madisyn und gestikuliert auf den Fernsehbildschirm. „Nicht einmal meinem ärgsten Feind."

„Wer ist das denn?" Ich bin neugierig, wen sie als Feind bezeichnen würde. Ist sie wütend auf Savannah, weil sie uns alle verraten hat?

„Im Moment niemand. Du hast genügend Feinde für uns beide."

Ich schnaube über ihre Bemerkung. Sie hat nicht im Geringsten Unrecht.

Madisyn schnappt nach Luft, als sie auf den Bildschirm starrt. Es gibt kurze Ausschnitte von Opfern, die auf Bahren herausgetragen werden.

„Wer ist es?", frage ich.

„Das ist Agent Danvers. Er ist das dreckige Ungeziefer, das für das FBI arbeitet."

Ich kenne den Namen.

Der Mann ist ziemlich blutig und hat eine klaffende Wunde an der Stirn, während zwei Sanitäter ihn auf einer Trage zu einem wartenden Krankenwagen bringen. Er scheint nicht bei Bewusstsein zu sein, aber das lässt sich anhand der wenigen Sekunden, die uns gezeigt werden, schwer sagen.

„Er hat den Ruf, schmutzig zu sein", sagt Madisyn. „Es gibt Gerüchte, dass er in mehreren Fällen

Beweise gefälscht hat, um Verurteilungen zu erwirken."

Ich atme tief ein und aus. „Ich erinnere mich, dass du das schon einmal erwähnt hast."

„Ich glaube nicht, dass Anton schuldig ist", sagt Madisyn.

„Du glaubst nicht, dass er Dmitri ermordet hat."

Sie presst ihre Unterlippe zwischen die Zähne. Schweigen.

Unsere Familie ist fester, stärker und solider geworden, ohne ein schwaches Glied wie Anton, das uns herunterzieht.

Das Leben als Bratva ist nicht für jeden etwas.

Sie hat mich davon überzeugt, dass die Verfolgung von Anton und Savannah eine Verschwendung meiner Ressourcen ist. Es ist nicht der finanzielle Aspekt, um den ich mir Sorgen mache, sondern die dann fehlende Arbeitskraft, die uns für das Kartell angreifbarer macht. Wenn ich meine Männer jedes Mal, wenn wir den Verdacht haben, dass Anton oder Savannah irgendwo sein könnten, im ganzen Land nach Spuren suchen lasse, gibt es weniger Männer, die meine Familie schützen können.

Da das FBI sie jagt, ist es unwahrscheinlich, dass sie sich an einem Ort niedergelassen haben.

Und meine Familie hat für mich oberste Priorität.

Das gilt für die Bratva, Madisyn, und meine Tochter, Kira.

———

Danke, dass du Zwanghafter Boss gelesen hast! Ich hoffe, dass dir die Geschichte von Anton und Savannah gefallen hat. Die Reihe wird mit Gefährlicher Boss fortgesetzt, der Geschichte von Dmitri und Sadie, die später in diesem Jahr erscheint.

Folge mir unbedingt auf den sozialen Medien und melde dich für meinen Newsletter an, um über neue Veröffentlichungen informiert zu werden.

WERBEGESCHENKE, KOSTENLOSE BÜCHER UND MEHR GOODIES

Ich hoffe, dass dir Zwanghafter Boss gefallen hat und du die Geschichte von Savannah und Anton magst.

Melde dich für meinen Willow Fox Newsletter an

Wenn dir Zwanghafter Boss gefallen hat, nimm dir bitte einen Moment Zeit, um eine Rezension zu hinterlassen. Rezensionen helfen anderen Lesern, meine Bücher zu entdecken.

Du weißt nicht, was du schreiben sollst? Das ist okay. Er muss nicht lang sein. Du kannst erzählen, wie du mein Buch entdeckt hast: War es eine Empfehlung von einem Freund oder einem Buchclub? Lass die

Leserinnen und Leser wissen, wer dein Lieblingscharakter ist oder was du gerne als Nächstes sehen würdest.

Vielen Dank fürs Lesen! Ich hoffe, dass du dich in meine Mailingliste einträgst, damit ich dich über kostenlose Bücher, Werbeaktionen, Werbegeschenke und Neuerscheinungen informieren kann.

ÜBER DIE AUTORIN

Willow Fox liebt das Schreiben seit ihrer Highschoolzeit (vor vielen Jahren). Ihre Kleinstadtromane spiegeln das Leben in einer Kleinstadt im ländlichen Amerika wider.

Egal, ob sie Liebesromane schreibt oder draußen am Lagerfeuer sitzt und ein gutes Buch liest, Willow liebt die Magie des geschriebenen Wortes.

Sie träumt davon, von den Füßen gerissen zu werden und hofft, dass sie das auch bei ihren Lesern erreichen kann!

Besuche ihre Website unter:

https://authorwillowfox.com

AUCH VON WILLOW FOX

Eagle Tactical Serie

Enthüllt: Jaxson

Verheimlicht: Mason

Versteckt: Lincoln

Verborgen: Jayden

Mafia Ehen

Geheimes Gelübde

Gefangenschafts Gelübde

Wildes Gelübde

Widerwilliges Gelübde

Rücksichtsloses Gelübde

Gebrüder Bratva

Brutaler Boss

Böser Boss

Besitzergreifender Boss

Zwanghafter Boss